U0087768

小說新賞

神明總動員

# 封神演義

原著　明・陸西星
編寫　姜子安

三民書局

# 主編的話

我常常思索著，我是怎麼成了一個說故事的人？

有一段我已經忘卻的記憶，那是一個沒有什麼像樣娛樂的年代，大人們忙著養家活口或整理家務，大部分的孩子都是自己尋找樂趣，妹妹告訴我，她們是在我說的故事中度過童年的。我常一手牽著小妹，一手牽著大妹，走到家附近那廢棄的老宅前，老宅大而陰森，厚重而斑駁的木門前有一座石階，連接木門和石階的磚牆都已傾頹，只有那座石階安好，作為一個講臺恰到好處。妹妹席地而坐，我站上石階，像天方夜譚般開始一千零一夜的故事。

記憶中的小時候，我是個木訥寡言的人，所以當小妹說起這段過去時，我露出不可思議的神情，懷疑她說的是另一個人的事。雖然如此，我卻記得我是如何開始寫故事的。那是專三的暑假，對所有要上大學的人來說，這個暑假是很特別的假期，彷彿過了這個暑假就從青少年走入成年。放暑假的第一天，我從北部帶著紅樓夢返家，想說漫長的暑假適合讀平日零碎時間不能完整閱讀的大部頭。當我花了兩個星期沒日沒夜看完紅樓夢，還沒從寶黛沒有快樂結局的悲悽愛情氛圍中脫身，突然萌生說故事的衝動，便在酷暑時節，窩在通鋪式的臥房，以摺疊成山的棉被權充書桌，幾個下午就完成我的第一篇短篇小說、我說的第一個故事。寫完時全身汗水淋漓，用鉛筆寫的草稿也被手汗沾得處處字跡模糊，不過我不擔心，所有的文字都在我腦海中，無需辨認。之後我又花了幾天把草稿謄在稿紙上，投寄到台灣日報副刊，當那個訴說青春少女和遲暮老人忘年情誼的小說變成鉛字出現在報紙副刊，我知道我喜歡說故事、可以說故事，於是寫了一篇又一篇的小說，直到今天。

原來是經典小說帶領我走入說故事的行列，這段記憶我始終記得，

也很希望在童年時代還耐不下性子閱讀原典的孩子們，能和我一樣在經典故事中成長。

　　雖然市場上重新編寫經典小說的作品很多，但對我這個有兩個少年階段孩子的母親來說，卻總覺得找不到適合的版本，不是太簡單，就是太難，要不然就是刪節得不好，文字不夠精確等等，我們看到了這當中的成長空間，於是計畫進行一套經典小說的改寫版本。

　　首先我們先確定了方向，保留較多文學性，讓這套書適合大孩子閱讀；但也因為如此，讓我們在邀請撰稿者方面碰到不少困難。幸好有宇文正、石德華、許榮哲等作家朋友們願意加入，加上三民書局之前「世紀人物 100」的傳記書系列，也出現了不少有文采、有功力的寫作者，讓這套書可以順利進行。對於文字創作者來說，創意是珍貴的資產，但改寫工作就像化妝師，被要求照著一張照片化妝，不能一模一樣，又不能不一樣，一些作者告訴我，他們在撰寫這系列的書時，常常因為想寫的和原著不太一樣而卡住，三民書局的編輯也常常要幫著作者把寫作節奏拉回來，好幾本書稿都是初稿完成後，又大幅刪修，甚至全部重寫。辛苦的代價便是呈現在讀者面前的這套書——文字流暢、故事生動，既有原典的精華，又有作者的創意調拌，加上全彩印刷、配圖精美。這是我為我的孩子選擇的一套書，作為他們告別青春期的最佳禮物，希望能和天下的學子、家長們分享，也期待這套「大部頭的套書」，經過作家們巧妙的改寫、賦予新生命後，保留了經典的精神，又比文言白話交雜的原典更加容易親近，讓喜歡聽故事、讀故事的孩子，長大後也能說故事、寫故事，於是中國經典文學的精華就能這麼一代一代傳誦下去。

林黛嫚

人家說：「臺上演戲的是瘋子，臺下看戲的是傻子。」我小時候，真是又瘋又傻。

在那個物資匱乏的年代，我們的村莊一年中最美好的日子，除了春節那幾日之外，就要算是臺灣光復節當天了。那一天，是莊裡演「平安戲」酬神的大日子，除了有難得的雞鴨魚肉可吃之外，還有精彩的「野臺戲」可看。我家就在土地公廟的斜對面，每年野臺戲的戲棚子便搭在我們家門前，院子理所當然成了後臺更衣間，每當鑼聲一響，我和玩伴們便蹲在院子角落看著演員們往臉上塗抹濃妝，然後往身上套上彩繡緞衣，戴上帽子頭飾，就爬上木製階梯，登臺演出了。

演員一上臺，我們就跑到前臺專心看戲。日戲演出的戲碼大都以教忠教孝的歷史劇為多，夜戲則是西遊記、封神演義這類充滿想像力的戲碼，那時便是孩子們看得最開心的時候。我記得，有一回演的是「哪吒大鬧水晶宮」，哪吒演到抽了三太子的筋，準備送給李靖當腰帶之後，就下臺去了。戲正精彩，哪吒為何突然下臺呢？於是，我們趕到後臺去瞧，只見「哪吒」一到後臺，便從搖籃抱起啼哭不停的嬰兒，扯開自己的前襟，開始餵起奶來。當嬰兒吃飽了，在媽媽懷中開心的舞著小手時，「哪吒」把孩子交給下臺休息的「龍王」，又抓起道具，匆匆上臺演出。那時，玩伴和我都張大了嘴巴，「哪吒」果真是個厲害的角色，臺上臺下都俐落入戲，無人能比。

從此，我們在玩演戲的遊戲時，每演到哪吒和三太子大打出手，便會自動加上一段：「等一下，我去餵個奶再回來和你打。」

那是我年幼時第一次接觸到封神演義裡的片段故事，溫馨而美好。長大一些後，我開始去尋找哪吒的故事來讀，才發現原來有一本書叫作

封神演義，裡頭除了哪吒，還有歷史上著名的商紂王、妲己、姜太公、周文王、周武王等等，故事精彩有趣，我看著看著，情不自禁把自己當成戰役之中的一員，勇猛殺敵，釋放了沉重的升學壓力，也忘了所有的煩惱。

封神演義全書雖然圍繞著「周室建國」的大主題，但是，作者想像力之豐富，每每令我驚奇不已。故事中的角色繁多，不但坐騎不同，就連打仗用的武器法寶，也是神奇有趣，戰爭的陣勢尤其令人目不暇給。

每一場戰爭，都像一場魔術大賽，也像一場特技競賽，如果沒有跟著文字作戰到最後，你絕對不知鹿死誰手，也不知道還有誰會騎著什麼怪物，帶著什麼神奇法寶，前來展開一場炫目的戰事！

然而，不必緊張，毋須憂慮，自古以來邪不勝正，姜子牙手下的大將，一定可以戰勝為商紂效勞的妖魔邪道。一物剋一物，即使那個妖魔之士，有再多的法寶，周營一定也會再出現一個勇士，帶著更神奇的寶物，來協助周武王取得天下。歷史不是告訴我們嗎？周朝承接著商朝而來。雖然，姜子牙的大軍經常在對陣的初期吃敗仗，我們卻一點兒都不必緊張，這是一趟有趣而安全的旅程。

在改寫封神演義的期間，我一遍遍翻讀該書，彷彿自己又回到了當年那個「封神」的美好時光。心中不時驚嘆：「原來，早在明朝，中國社會就出現了 J.K. 羅琳！」

是的，早在幾百年前，我們的老祖宗就已經為我們寫下精彩有趣的奇幻小說，只是我們忽略了自己早已擁有的豐厚「祖產」，而一味的去羨慕外人。

你讀過哈利波特嗎？如果你讀過，建議你也讀讀封神演義，你會發

現，咱們老祖宗筆下的魔法故事更加精彩有趣，精彩之外，還帶有濃濃的歷史養分呢！如果你還沒看過哈利波特，建議你不妨先讀一下封神演義，透過熟悉的歷史人物與道教神明，你將會得到一把鑰匙，順利打開奇幻故事的大門，享受想像力帶來的豐富趣味。

跟著文字進行一場神奇的冒險，是趟有趣而安全的旅行。

親愛的少年朋友，你準備好跟著姜子牙回到那個混亂的商朝末年探險了嗎？

請倒杯水坐下來，翻開書頁，然後深呼吸一口氣，出發吧！

姜子安

# 封神演義

## 目次

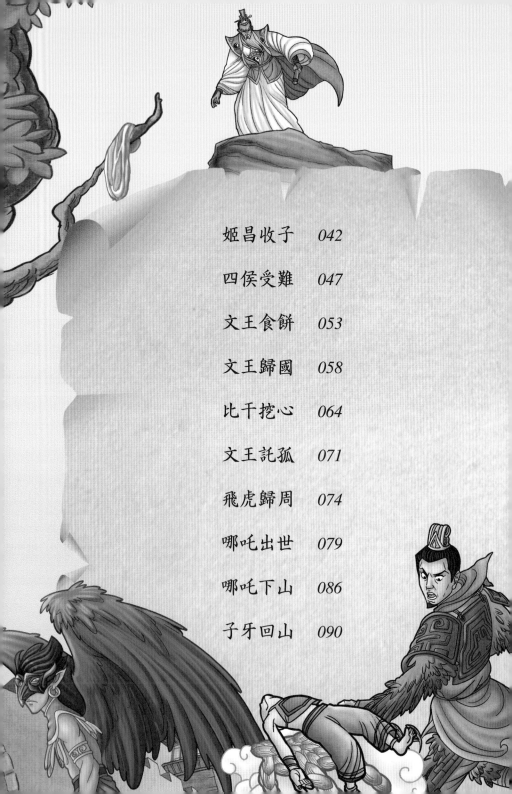

# 導讀

## 走進神奇新世界

封神演義是中國古代有名的章回小說，它的作者有兩種說法，一說是鍾山逸叟許仲琳，另一說是明朝道士陸西星。無論真實作者是許仲琳或陸西星，都無損於它的趣味與成就。

封神演義是根據武王伐紂平話予以擴寫而成，武王伐紂是歷史事實，書中的人物妲己、紂王、文王、武王、姜子牙等，也都是歷史人物，但其中的故事內容卻與史實不盡相同，尤其是作者憑無邊無際的想像力，把民間傳說中的眾多神明都寫了進去，像道教始祖元始天尊、女媧娘娘、南極仙翁、廣成子等，都在小說中有精彩的演出。當歷史人物遇到了民間傳說中的神魔鬼怪，便趣味橫生了。

多少年來，無論是地方戲劇，或是電視劇、電影都不斷上演著由封神演義改寫而來的故事，也許並非人人看過這本小說，但其中的片段，譬如哪吒與三太子、姜太公釣魚、畫地為牢、文王食肉餅等，卻是人人耳熟能詳的故事，可見它在中國民間藝術上的影響及受歡迎的程度。

封神演義的故事從紂王在女媧宮題詩惹禍開始敘述，接著妲己進宮，妖惑紂王，致使暴虐無道的紂王愈加殘暴，導致忠臣叛離，民心思變，國勢日衰的商朝也因此加速敗亡。反之，四大諸侯之首的西伯侯姬昌，仁德名聞天下，吸引名人志士爭相效力，在姜子牙的輔助之下，周武王果然成為天下諸侯的共主，取代了商朝，成為歷史上的王朝。

商末周初的建國戰爭，造成無數英雄好漢的傷亡，活著的有功之士享受封官加爵或是「肉身成聖」的尊榮；而喪亡者，則於周朝建立之後，一一受封為「神界」一員。

這個主題簡單、人物複雜的故事，雖然以戰爭這種陽剛的題材為主，

但原作裡頭最讓我感動的，卻是師父愛護徒弟的情誼。紂王的兩個兒子殷洪和殷郊，在危急時刻分別被赤精子與廣成子救回山上，收為徒弟。兩位師父除了撫養他們長大，傳授道術之外，還在自認為最適當的時機把自己畢生的道術、法寶交給他們帶下山去建功勞，卻雙雙落得師徒反目，各擁其主，恩師反被徒弟打敗的窘況。最後，徒弟們都應了自己的毒誓。殷洪被太極圖化為灰塵飛滅，赤精子為愛徒流下不捨的眼淚；殷郊理當被廣成子犁鋤，但廣成子也對愛徒下不了手，最後還是交由第三者代勞。恩師對徒弟的感情，顯然深刻於徒弟對恩師的情感。

再如，姜子牙東征前，他詢問恩師元始天尊：「此行東征吉凶如何？」周營大將們有樣學樣，也一個個詢問師父自己此去吉凶。其中，黃天化和土行孫也問了恩師自己的前途，清虛道德真君和懼留孫明知自己徒弟此去大凶，卻不忍直接告知，只能拐彎抹角回答。恩師內心萬分感傷，年少的徒弟卻聽不出話中深意，仍歡喜出征。這樣一個委婉體貼的心意，不就等同親子之愛嗎？

而在文王歸天之後，武王即位，尊姜子牙為相父，對姜子牙言聽計從，姜子牙對武王也是全心全力輔佐，說「呵護備至」並不為過，這樣的君臣情誼，不也是父子情深的另一種呈現嗎？

封神演義中，最有名的父子檔，莫過於李靖、哪吒父子，兩父子先前的敵對衝突與後來的同心輔佐周室建國，幾乎可說是人盡皆知的故事，多少文學作品中的父子對立情節，不就是脫胎自這段李氏父子的原型嗎？

自古以來，母愛在文學作品中備受稱揚，父愛卻甚少發光，封神演義裡的師徒之愛、君臣之情、父子之爭，將文學世界中的「父與子」那一個缺角給補齊了。

在改寫封神演義的期間，我一遍遍翻讀該

書，一次次的修改文稿，內心一再交戰，一再斟酌，六、七十萬字的原文，要濃縮成為五萬餘字，是一個大挑戰，全文太有趣了，每一個章節的故事都很精采，每一個角色都很重要，每一場戰役都震撼人心，到底誰該「讓賢」呢？幾經考量，最後，我決定站在比較理性的角度及歷史的面向來改寫整本小說。

　　封神演義的故事主軸在於武王伐紂的過程，但原著中「戲分」頗重的截教邪魔妖道與闡教神仙道人的爭鬥，極易模糊焦點，因此我將兩教的恩怨輕描帶過，刪除了與武王建國無關的教派爭鬥的場面以及那些一再重複的陣勢、光怪陸離的神仙鬥法。同時，也編修了原著小說裡存在的一些不合理的情節，譬如：一肩挑起建國大任的姜子牙，在面對嚴峻的戰役時，總是顯得無能；武王隨著姜子牙東征，卻只要一吃敗仗便落淚想要退兵，十足像個跑龍套的懦弱小角色。無能的姜子牙，配上懦弱的武王，豈能成就周室大業？此外，全書從姜子牙銜命下山，到周室建國完成，原作中一再強調這一切都是「命中註定」，紂王被註定要亡國、姜子牙被註定無法修道成仙，只能享受人間將相富貴、武王被註定在某年某月的某天要登基成為天下共主，彷彿這一切都是老天爺的決定，凡人只能順勢而為，反抗無益。這樣消極的「宿命論」，著實不宜灌輸於正處人生旭日東升時期的少年朋友們。

　　此外，原著中一些煽情的場景描寫及不符合現代社會「兩性尊重」思想的章節，我也予以刪除，像妲己色誘文王長子伯邑考、土行孫新婚之夜對妻子鄧嬋玉霸王硬上弓、姜子牙的妻子馬氏短視近利的嘴臉，都在改寫作品中略而不提。

但是，我也不希望把充滿想像力的原著，改寫成一板一眼的「教科書小說」，因此，小說中想像色彩豐富的情節，我酌予保留，像眾所周知的哪吒靠著蓮花化身重生、文王吃了長子伯邑考的肉所做成的肉餅才得以歸國，卻在踏上周土時吐出三個肉餅，化成三隻小白兔逃走。這些情節雖然不可能在現實環境中出現，卻是原著小說中最為眾人耳熟能詳的經典故事，它們的存在，能使全文更富閱讀趣味。

　　類似上述的情形不一而足，我都反覆推敲，一再考慮。這樣的費心考量，無非是希望改寫出來的作品能有別於坊間各種版本的封神演義，在給予青少年讀者耳目一新的感受之外，還能兼顧下一代孩子身心健全的發展。

　　另外必須一提的是，在原作中，每一回的開頭處，都有一首律詩或絕句點出該回主題，並於文中適時安插詩歌銜接前後文，在每一回的末尾則有評論文字，對該回的人物、故事抒發作者的個人看法，內容頗富哲理。這些文字極其精要適切，一旦改寫成白話文就會味道盡失，形成累贅，因此只能忍痛捨去。

　　如果少年朋友讀了改寫版的封神演義，內心湧起意猶未盡的感覺，那麼恭喜你，你已經領略到了封神演義的真髓，建議你不妨再去找原作讀一讀，它會帶你走進一個奧妙有趣的神奇新世界！

## 寫書的人
## 姜子安

　　一個喜歡和貓咪說悄悄話，喜歡看植物慢慢長大，喜歡聽孩童大聲笑哈哈的筆耕者。目前居住在高雄，長年享受著陽光的召喚。著有我不是怪咖、我愛綠蠵龜、眼鏡兒的早春情事、一個女孩的抉擇、大愛行動家：范仲淹、承先啟後的文學家：韓愈等書。

# 封神演義

# 鳳鳴岐山

西岐山頂，陽光和煦。

一隻五彩豔麗的大鳥從天而降，緩緩落在岩石高峰，伸長著脖子歡唱。

大鳥的歌聲婉轉悠揚，傳遍整座山頭。草原中，百花盛放，芳香撲鼻；蟄伏的動物，先後睜開眼睛，爬出洞穴，奔跑覓食。

岐山，從沉睡中清醒過來。

大鳥的歌聲，穿透雲霄，往四面八方傳去。正在紫霄宮修行的鴻鈞道人聽到悠揚的鳥鳴聲，走出宮外，循著鳥聲的方向望去，只見西方天空一股瑞氣直衝天際，鴻鈞道人心裡一驚：「鳳鳥在岐山上高聲鳴唱，周室國運即將興盛，看來商紂的氣數已到盡頭。」

鴻鈞道人叫來童子：「快去請你三位師兄回山，我有要事交代。」

「是的，師父。」童子駕著雲外出，很快就喚回了闡教教主元始天尊、道教始祖李耳、截教通天教主。

三教教主回到紫霄宮，恭敬的對鴻鈞道人行禮，問：「恩師要我們回山，必定是有所教訓，請恩師明示。」

鴻鈞道人嘴角微微上彎：「前日清晨，為師發現鳳鳥在岐山鳴叫，這表示新一代的君主將在西岐出現，你們師兄弟三人，必須協助周室取得天下。但改朝換代，難免會有征伐，戰爭中喪亡大將各為其主，赤膽忠心的人都應得到封神成仙的獎賞。你們師兄弟三人要共同商量將來封神的名單，並選個門人來負責這件大事。」

「弟子遵命。」

三教教主絞盡腦汁，商議多天，才擬出三百六十五位封神名單，交由鴻鈞道人過目。

鴻鈞道人看過，摸著鬍鬚點點頭，又問：「負責封神大事的人選有定案嗎？」

元始天尊連忙雙手抱拳回答：「我們屬意小徒的門人姜尚。」

「姜尚是什麼人？擔得起周室的建國大任嗎？」

「啟稟師父，姜尚字子牙，號飛熊，東海徐州人，自三十二歲進入玉虛宮，跟隨徒兒學道四十年，勤奮誠懇，毫不懈怠，四十年如一日，定力超乎常人，是執行此次『封神』任務的不二人選。」

封神演義

「既然如此，你們三個快下山去，等大事完成，
再來回報。」

「遵命，師父。」

三教教主向鴻鈞道人行禮之後，拂塵一揮，乘雲
而去。

# 子牙下山

　　崑崙山上有座玉虛宮，裡頭丹爐飄著裊裊香煙。

　　元始天尊閉目坐在八寶雲光座上，姜子牙恭敬的站在師尊前方，連呼吸也不敢出聲。

　　元始天尊睜眼望向姜子牙：「你上山修道幾年了？」

　　「弟子三十二歲隨恩師求道，如今已是七十二歲。」姜子牙小心翼翼回答。

　　「你生來帶有富貴命，仙道雖然難成，卻可享有人間將相的福分。」元始天尊兩道長眉聚攏如小山，「如今商紂氣數將盡，你代我下山，扶助明主，將來成為將相，也不枉學道四十年的苦工。」

　　姜子牙慌忙下跪：「弟子一心求道，苦熬數十年，為的就是得道成仙，毫不貪戀紅塵中的富貴，乞求恩師不要趕弟子下山。」

　　「你命中註定必須承擔這一重責大任，別再戀戀難捨，快去吧！」元始天尊拂塵一揮，飄然離去。

　　姜子牙內心惶惑不安，想要留在玉虛宮繼續修道，

又怕師父生氣，正進退兩難時，師兄南極仙翁勸他：「子牙，師父既然要你下山，你就去吧！」

「師兄，我一心想學道，無意追求紅塵中的富貴。」

「你若真有心學道，等師父交代的事完成，再回崑崙山學道也不遲。」

「或許我的命運就該如此，多說無用，子牙這就下山了。」姜子牙收拾行李時，無限煩惱，心想：「人海茫茫，要何去何從呢？」

忽然，姜子牙想起了昔日的結拜兄弟宋異人。「看在過去情誼的分上，也許宋兄會伸出援手，我就到朝歌投靠他去吧！」

姜子牙日行千里，來到宋家莊。

宋異人聽說姜子牙來了，歡歡喜喜的出來迎接。

「子牙，幾十年不見，你是跑到哪去？」

「小弟上崑崙山修道四十年，至今才得到師父恩准下山。一下山，立刻來見宋兄。」

宋異人笑說：「你我情同手足，不如就留在這兒，彼此也有個照應。」

姜子牙說：「謝謝宋兄的好意，子牙叨擾了！」

姜子牙就在宋家莊住了

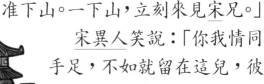

7

下來，他想：「寄人籬下總不是辦法，還是得自己賺錢過日子才行。學道四十年，精通命理，或許可以以此維生，只是沒有地方擺命相攤。」

宋異人知道了姜子牙的想法，拍拍胸膛說：「房舍不成問題，我來清空南門的一棟房舍，給姜兄在門口擺個命相攤吧！」

過了幾日，姜子牙的命相攤就在熱鬧的朝歌城南邊開張了。

封神演義

# 紂王題詩

　　女媧宮裡，裝飾華麗，香煙裊裊。

　　神桌上火燭搖曳，金童玉女站在兩旁，女媧娘娘端坐在布幔後方。

　　這天剛好是女媧娘娘壽誕，紂王特別帶領百官前來膜拜。忽然吹來一陣風，捲起布幔，現出女媧的容貌。只見女媧五官明豔，紅唇似櫻桃，雙眉如柳葉，就算嫦娥再世大概也不過如此。

　　紂王心頭頓時湧起邪念：「朕如果能得到女媧相伴，此生再無遺憾。」他一時興起，提筆便在牆壁上作起詩來。

　　「鳳鸞寶帳景非常……但得妖嬈能舉動，取回長樂侍君王。」紂王邊寫邊吟，「取回長樂侍君王。哈！哈！哈！」

　　紂王把筆一放，得意的仰天狂笑。

　　陪在一旁的丞相商容緊張萬分：「女媧娘娘是朝歌城的保護神。陛下前來進香，目的是祈求風調雨順、

國泰民安。如今陛下在牆上寫詩冒犯神明，恐怕會讓無辜的百姓遭殃。百姓看到這詩，也會誤認陛下是個輕浮無德的國君，還請陛下派人把這首詩洗掉。」

紂王不以為然：「朕寫這詩的用意，是要讚美女媧的容貌嬌柔美豔，哪有別的念頭？愛卿不要多慮。朕是一國之尊，在此留詩也可給百姓瞻仰，欣賞朕的文采寶跡。」

丞相勸諫都改變不了紂王心意，文武百官個個閉口，再無人敢斗膽進諫。

夜裡，女媧宮內香客散去，女媧忍了一天的怒氣，終於爆發出來。她指著牆壁上的詩句，暴跳如雷：「身為天子，應該修身養性，保全天下，這個昏君卻反而如此荒淫，寫詩來挑逗我、侮辱我，真是可惡！一定要給他點顏色瞧瞧。」

女媧拿出招妖幡，使勁搖晃了兩下，四周立刻陰風慘慘、雲霧瀰漫，妖魔鬼怪像潮水般湧到了女媧宮的大門外。女媧吩咐：「軒轅黃帝墳中的三妖進來，其他回去。」

千年狐狸精、九頭雉雞精、玉石琵琶精一起進宮，為女媧祝賀。「娘娘萬壽無疆！」

「三妖聽好，」女媧下令，「商紂王朝氣數將盡，近日鳳鳥出現在岐山，新的聖主已經在西方出現，這

是天意。妳們三個要隱匿自己的妖形，混進王宮後院，迷亂商紂王的心志，等待武王姬發出兵伐紂成功。切記，只能迷惑君心，不可傷害蒼生百姓。事成之後，便可修成正果。」

「遵命！謝謝娘娘。」三個妖怪跪拜之後，化成一道惡風離去。

封神演義

# 妲己進宮

　　王宮中，清風徐徐的吹送，百花盛開，群蝶飛舞。紂王在花園散步，卻深鎖雙眉，無心欣賞眼前的美景。

　　紂王的寵臣費仲、尤渾隨侍在側，機伶的察覺到紂王的鬱悶。費仲問：「陛下悶悶不樂，是有心事嗎？」

　　「那日到女媧宮進香，看到女媧聖像容貌豔麗，而朕的三宮六院中，竟沒有一個妃子比得上女媧。真是枉為一國之君！」紂王重捶園中的巨石。

　　費仲心想：「原來為了這件事！」他笑著說：「陛下貴為一國之君，自然應當得到天仙相伴。微臣聽說冀州侯蘇護的千金美豔如花，能歌善舞，肯定勝過女媧，如果召進宮來，陛下再也無此遺憾。」

　　「真的？」紂王大喜，「快叫蘇護帶女入宮。」

　　天色剛亮，冀州城城門大開，蘇護帶著三千人馬，準備

出城。

　　妲己撲倒在母親懷裡，哭哭啼啼：「娘，我不要離開您，我不要到宮裡去。」

　　妲己不肯上車，蘇護只好下馬勸告：「女兒，自古以來，君叫臣死，臣不敢不死。妳若不進宮去，萬一天子惱怒，派兵征伐冀州，那該如何是好？我怎能為了疼惜妳，得罪天子，連累無辜的百姓呢？只好委屈妳了。上車吧！」

　　妲己仍然把臉埋在母親胸前，不停的啜泣。

　　蘇夫人摟著寶貝女兒，萬分不捨。「妲己從小嬌弱，我們也沒有特意教她宮廷禮儀，進宮之後，萬一得罪陛下，那可怎麼辦？」

　　「一切只能聽天由命了。」蘇護說著，拉起妲己的手牽她上車，妲己還要掙扎，不料蘇夫人抹去臉上的淚水，心一橫，把妲己往蘇護一推，轉身就走了。

　　「娘──娘──」妲己一陣錯愕，來不及反抗，就被父親拉上馬車，往朝歌城出發了。

　　一行人浩浩蕩蕩前進，這天傍晚，大隊人馬來到恩州的驛站外。

　　蘇護下馬，叫來驛丞吩咐：「快收拾廳堂，讓眾人休息。」

　　驛丞惶恐回答：「報告侯爺，本驛站最近出現妖精，

封神演義

人心惶惶，達官貴人往來，都不敢住進驛站。侯爺一行人是否方便改住營帳？」

蘇護怒斥：「車上坐的是即將進宮侍候陛下的妃子，豈會害怕邪魔鬼怪？快叫人把房間收拾乾淨，別再多說。」

驛丞不敢再說，趕緊下令打掃。

夜裡，蘇護把妲己安排在驛站最裡面的房間，並派五十個侍女照顧。所有軍士把驛站團團圍住，自己則在正廳研讀兵書。

到了半夜，突然吹起一陣冷風，蘇護全身起了雞皮疙瘩，冷汗直冒，桌上的蠟燭閃閃爍爍，眼看即將熄滅，卻又突然亮起。蘇護抬頭看到牆上出現暗影，抓起斑紋鞭，往牆上一揮。

「啪」的一聲，牆上的影子動也不動，蘇護額上汗如豆粒滾下，仔細一看，這才看清楚，牆上的影子，不正是自己嗎？

「救命呀！燭火熄了！妖精來了！」後房傳來侍女的驚叫聲，蘇護急忙抓起燭臺往妲己房間衝去。蘇護重新點上房中燭火，只看到一群侍女在妲己床前叫著：「小姐！妳怎麼了？」

妲己坐在床沿，面色慘白，嘴角發青。

「女兒，剛才聽說有妖精來了，是不是嚇到妳了？」

蘇護緊張萬分，趨前關心。

妲己看到父親來到床前，神色快速恢復，而且皮膚顯得比平日更加白皙，雙唇也比往日更加紅豔。

「妳受到驚嚇了？」蘇護看到妲己神色的轉變，十分訝異。

妲己突然微微一笑：「爹，我剛才在睡夢中聽到有人喊『妖精來了』，可是醒來只看到你們，並沒有看到妖精。」

蘇護看到妲己神色自若，放心不少，「那就好，趕快睡吧！」說完，轉身交代侍女：「大家一起守在小姐床前，不要大意，等小姐平安進宮，回到冀州自然有賞。」

「謝謝侯爺！」

蘇護離開之後，女侍們個個端坐帳外不敢睡，等待天明。沒有人發現，帳內貌美如花的妲己，在燭火熄滅重新亮起之後，聲音變得更加動聽，眉眼嘴角也更加嫵媚誘人，早已不是冀州城裡天真爛漫的青春少女蘇妲己了。

長夜終於到了盡頭，晨光初露。蘇護一行人繼續往朝歌城前進，他們不知道，端坐馬車上的，是附在蘇妲己身上的千年狐狸精。

# 忠良害盡

　　金鑾殿上，龍椅蒙上薄薄的灰塵。

　　站在殿下的文武百官，又空等一個早上，紂王依然沒有上朝。

　　司天臺官杜元銑愁容滿面，悄悄走到丞相商容身旁，低聲說：「老丞相，昨夜下官仰觀天象，發現一道妖光繚繞內殿上空。自從蘇妲己進宮之後，聖上荒淫酒色，不理國政，再拖下去國家就有危險了。下官寫了一本奏摺，想呈給聖上，不知丞相是否願意陪同下官一起進宮晉見？」

　　商容答：「既然寫好奏摺，我陪你一起到內殿去見聖上。」

　　杜元銑與商容兩人一起來到妲己所住的壽仙宮外，等候紂王召見。悠揚的樂聲，從壽仙宮的廳堂，緩緩流出。

　　奉御官進殿之後，樂聲突然停止。不一會兒，奉御官出殿傳布紂王的命令：「商容是三朝老臣，可以晉

見。杜元銑原地等候，奏摺交由商容帶進殿內。」

商容兩眼垂視，低頭進入壽仙宮。

「丞相特地進宮，有何要事？」紂王斜倚臥床，十分慵懶，妲己無限嬌羞，半倚紂王懷中。

「前日司天臺官杜元銑夜觀天象，看見怪霧籠罩王城，擔心災禍降臨，特地寫奏摺呈給陛下。」

「哦？」紂王皺眉遲疑，「呈上來。」

商容雙手獻上杜元銑的奏摺，紂王展開一看，勃然大怒：「杜元銑這個小小的司天臺官，竟敢胡言亂語，真是可恨！」

妲己湊過頭來看奏摺。「奏摺中寫些什麼？為何陛下如此生氣？」

「杜元銑竟然說朕的宮殿近來妖光繚繞，怕有亡國的妖孽潛伏，要朕好好整頓後宮。真是豈有此理！」紂王咬牙切齒，「朕是一國之君，豈會不識妖孽？這杜元銑實在狂妄，目中無人！」

封神演義

妲己慌忙下跪：「近來入宮的，不就是臣妾嗎？這分明是見陛下寵愛臣妾，有意挑撥陛下與臣妾的感情，目的無非是要擾亂人心，動搖國本。這番妖怪禍國的荒謬言論，若讓老百姓聽到了，難免人心惶惶，天下大亂，國家基業恐怕有危。還請陛下下令將杜元銑斬首示眾，以杜絕惑眾的妖言。」說完，妲己抬起頭來，

一雙媚眼含淚望著紂王。

紂王看著妲己迷濛的雙眼，頻頻點頭，「美人說的對，與朕的想法不謀而合。來人啊！把杜元銑斬首示眾，以絕妖言。」

商容慌忙求情：「啟稟陛下，杜元銑掌管天文，盡忠職守，只因直言勸諫就無辜被殺，恐怕滿朝文武，無人心服。乞求陛下赦免杜元銑一命。」

紂王臉色鐵青：「丞相這話就錯了。杜元銑妖言惑眾，怎麼會是『無辜被殺』？如果今天放過杜元銑，這類妖言就沒有停止的時候，天下反而不安。不要再多說了，丞相退下吧！」

商容無奈退回金鑾殿，眾官員聽了群情激憤。諫官梅伯義憤填膺，拉著商容就往壽仙宮前去。「走！我和丞相一同去勸諫聖上。」

紂王和妲己正在飲酒作樂，見商容和梅伯前來，一臉寒冰。「諫官不應進到內宮來。」

梅伯下跪懇求：「陛下恕罪，小臣因聽聞杜元銑被賜死，特地前來求情。」

「杜元銑散播妖言，汙衊朝廷，罪該萬死。」

「杜元銑所言句句屬實，還請陛下明察秋毫，勿被豔妃巧言蒙蔽。」

「放肆！」紂王火冒三丈，「看來，你和杜元銑是

封神演義

一丘之貉，今日又違法入宮，原該問斬，念你多年盡忠為國，姑且饒你一命，即刻貶為庶人。」

梅伯臉色慘白，厲聲大叫：「昏君！你殺了杜元銑，就等於是殺了朝歌城千千萬萬的百姓，商王朝數百年的基業，眼看就要毀在你這昏君手裡。」

紂王氣瘋了。「來人啊！把梅伯拿下，即刻處死。」

「陛下請息怒。」一直旁觀的妲己說，「諫官違禮進宮，還怒罵天子，直接處死太便宜他了。不如先暫時把他關在牢裡，等臣妾監造一個內部燒炭的銅柱，再把他的衣服剝去，用鐵鍊綁在燒紅的銅柱上，一會兒時間，他的四肢就會化成灰。只要一用這種稱為『炮烙』的刑罰，那些奸猾的臣子，再也沒有人敢亂說蠱惑人心的妖言了。」妲己眨了眨她的明眸大眼。

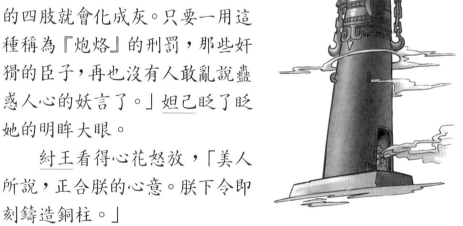

紂王看得心花怒放，「美人所說，正合朕的心意。朕下令即刻鑄造銅柱。」

商容心中一陣寒意襲來，心想：「看來，商王朝的命脈就要喪亡在這無道的昏君手裡。還不如歸隱田園去吧！」

商容心意已決，立刻下跪：「臣年老力衰，已不堪負荷繁重的國務，乞求陛下准臣回鄉安享餘年。」

紂王聽了心中一驚：「商容年紀雖大，但頭腦清楚，能力又強，如果讓他歸隱，朕豈不就要親自批奏摺、管朝政？往後怎有時間和蘇美人飲酒作樂呢？」

紂王一臉不捨說：「愛卿一旦回鄉，朕就見不到愛卿，叫朕如何捨得？」

商容早已心灰意冷：「請陛下憐憫臣來日不多，讓臣回鄉，死而無憾。」

妲己見紂王猶豫，心想：「這個商容老是看我不順眼，他若留下來，也是個麻煩人物。得想辦法讓他離開，我才有好日子過。」連忙向紂王進言：「陛下向來體恤天下蒼生，又怎能因個人私情強留年邁老臣呢？」

「這──」

妲己見紂王心意動搖，趁機再說：「朝廷尚有許多賢才能士等待陛下重用，陛下又何苦勉強老丞相？」說完，將身子一側，埋入紂王懷裡。

一陣香氣襲來，紂王早已心慌意亂，胡亂點頭：「美人說得對，朕立刻下旨，賜丞相衣錦還鄉。」

「謝主隆恩。」商容跪拜謝恩，心底卻升起一股難言的悲涼。

封神演義

# 奸計奪位

　　這天深夜，陣陣大風吹過王宮的每個角落。

　　壽仙宮歡娛的樂聲傳入姜王后耳中，分外刺耳。

　　「真不像話。」姜王后壓抑已久的怒氣，被樂聲撩撥起來，「天子與妖妃整日飲酒作樂，還斬殺杜元銑、炮烙梅伯，逼丞相退隱返鄉。我身為王后，再不出面制止，國家恐怕不保。」

　　姜王后氣沖沖來到壽仙宮。

　　紂王正在飲酒，欣賞妲己的歌舞。聽到姜王后到來，興高采烈的吩咐妲己：「美人，難得王后來，妳就表演一曲拿手的歌舞，讓王后開開眼界。」

　　「遵命。」妲己轉身，對樂師作個手勢，樂聲響起。樂聲中，只見妲己輕移蓮花小步，扭動纖腰，擺動柳臀，衣袂飄飄，像一隻春日的蝴蝶，滿場飛舞，十分悅目，萬分動人。

　　但姜王后端坐如鐘，閉目觀心，不

發一言。紂王看姜王后這個模樣，覺得非常掃興：「蘇美人的歌舞，稱得上是人間極品，王后為何看也不看一眼？」

姜王后起身，下跪奏稟：「陛下是上天之子，應努力政事，而不該荒淫酒色、殘殺忠良，願陛下及時反省自己，遠離讒言禍水，才能帶給天下百姓幸福。」

姜王后說完，馬上告退。酣醉的紂王被姜王后一番義正辭嚴的話嚇醒了九分，難堪得無地自容，不禁惱羞成怒，「這賤人不識抬舉，朕叫美人跳舞給她欣賞，竟敢冷言冷語數落朕，真恨不得把她一鎚斃命。美人，再舞一曲給朕解悶。」

妲己慌忙下跪，委屈的掉下淚來：「臣妾從此不敢歌舞，怕被王后說成是亡國禍水。」

紂王怒眼大睜，拍胸保證：「美人儘管服侍朕，改天朕廢了那賤人，立妳為后。」

妲己謝恩之後，樂聲再起，兩人繼續宴飲作樂。

過了幾日，妲己見紂王沒有廢后的動作，偷偷找來尤渾、費仲二人，共同商議奪取后位的事。尤渾、費仲看妲己如此受寵，想盡辦法要巴結她。

費仲說：「姜王后的父親是東伯侯姜桓楚，擁有雄兵百萬，長兄姜文煥力敵萬夫，有如此堅強的靠山，難怪王后敢指責陛下。」

妲己不服：「姜王后有什麼了不起？她有靠山，我有妙計，最後還不知鹿死誰手！」

　　「夫人英明睿智，還請給小的指點指點。」尤渾奉承的說。

　　「我雖有妙計，卻苦無親信可靠的人來幫忙。」

　　尤渾說：「夫人，您大可放心！我們倆辦事最牢靠了。」

　　費仲附和：「夫人，您吩咐一聲，我倆必定赴湯蹈火，在所不辭。」

　　妲己面露喜色，「有勞二位了。事成之後，定有重賞。」妲己玉手一招，費仲、尤渾兩人耳朵湊過來，頻頻點頭稱是。

　　次日，紂王在壽仙宮和妲己閒聊時，妲己說：「陛下已久未上朝，恐怕文武百官仰望思念，不如陛下明日臨朝，處理些政事，也好造福天下蒼生。」

　　妲己委婉奉承的話語，紂王聽了十分高興。「美人說得有理，明日一早朕就上朝。」

　　隔天大清早，紂王的座車才出壽仙宮，突然不知從哪兒跳出一個持劍的彪形大漢，對著紂王怒罵：「無能昏君，整日只知沉迷酒色，我奉命來殺你，免得商朝天下被外人奪去。」

封神演義

大漢話才說完，一劍已往紂王刺去，紂王側身一閃，大漢撲了空，侍衛及時趕到，把大漢團團圍住，幾招交鋒之後，大漢被擒，五花大綁，押下候審。

紂王驚魂未定來到金鑾殿，殿下百官聽到有刺客，個個臉色驚惶。紂王怒問：「有誰願為朕審問殺手，揪出背後唆使者？」

「微臣不才，願意為陛下審問。」自告奮勇的人，正是費仲。

「愛卿，有勞你了。」

費仲領旨。不久後，費仲上殿回旨：「唆使者已查明，但臣不敢說。」

「直說無妨。」

「陛下赦臣無罪，臣才敢說。」

「赦卿無罪。」紂王心急的問，「到底主謀者是誰？」

「刺客姓姜名環，奉姜王后懿旨行刺，想為東伯侯姜桓楚奪取王位。」

「可惡！王后貴為一國之母，竟敢做這種大逆不道的事。」紂王震驚暴怒，「後宮弊端不除，朕寢食難安，來人呀！傳朕旨意，無論如何，取來王后口供。」一陣怒罵之後，紂王起駕回壽仙宮去了。

殿下眾臣都不相信貞靜賢淑的姜王后會是主謀

者，慌亂間有人想到二位世子殷郊、殷洪，立刻派人快馬前往稟告。

殷郊和殷洪兩兄弟接到消息，急急忙忙趕往姜王后居住的西宮，才踏進西宮庭園，迎面撲來一股血腥焦臭味，伴隨傳來的是姜王后淒厲的喊聲：「我沒看過這個人，更不曾唆使他做任何事，你們就是挖了我的眼睛、燒了我的手掌，我還是不認識他。」

殷郊兩兄弟風也似的奔進西宮大廳，只見姜王后已經被挖去雙目，血流滿面，雙手也被炮去，卻仍不停喊冤。但被領來與王后對質的姜環仍一口咬定是姜王后唆使行刺。

「母后，您為何受此酷刑？是誰害您？」兩位世子一踏進西宮，見此慘狀，便緊緊抱住姜王后。

姜王后聽到是親生兒子來到，大叫：「兒呀！這姜環不知是何人，誣賴我指使他行刺你父王，我不承認，他們便對我用刑，想屈打成招。這一定是妲己的詭計。你們要為母后洗冤，別讓我枉死一場。」

姜王后用盡最後一絲氣力，說完便斷了氣。殷郊悲憤到了極點，出其不意的抽出衛士手中長劍，一劍刺去，姜環當場斃命。

「妲己，償我母后的命來！」殷郊提劍怒氣沖沖的往壽仙宮奔去，殷洪也緊跟在後。

封神演義

兩位世子持劍奔往壽仙宮的消息早一步傳到紂王耳中。

「這兩個逆子，竟敢持劍進宮，企圖弒父。來人呀！拿下二逆子首級，以正國法。」紂王下令。

宮廷侍衛果然在壽仙宮門口等到了兩位持劍而來的世子，大批侍衛一擁而上，就要抓人。

混亂間，突然吹起一股狂風，還響起一陣大雷，眾人伸手捂眼，等風過雷停，早已失去兩位世子的蹤影。

不久之後，朝歌城外的山路上，兩位道人各自帶著一位世子，往修道的深山奔去。

# 蠆盆造孽

　　姜王后已死，兩位世子也下落不明，妲己順利成為新后，紂王對妲己更是寵愛有加，言聽計從。

　　這一日，摘星樓上，歌聲飄揚。妲己邊歌邊舞，贏得滿堂喝采。但東側七十幾名姜王后留下的宮女卻個個淚流滿面。

　　妲己面露不悅。「陛下，臣妾的歌舞想必難登大雅之堂。」

　　「王后歌聲優美、舞姿曼妙，為何妄自菲薄？」

　　「您看，那些宮女們！」妲己指向那群流淚的宮女，「一定是我跳得不好。」妲己已是淚眼汪汪。

　　紂王氣憤極了。「來人呀！把那群掃興的宮女，全都處死！」

　　「陛下您別氣壞了身體啊！」妲己另有妙計，「她們讓陛下這麼生氣，直接處死太便宜她們了。臣妾建議，陛下可在摘星樓下挖一個深坑，裡頭放蛇，只要宮女有二心，就丟進去餵蛇。這個刑罰就叫作……『蠆

盆』。」

「好個『蠆盆』！但蛇要從何處得來？」紂王問。

「陛下可以下旨，要求朝歌城每戶人家在期限內繳納四條蛇。」

「妙呀！朕立刻下旨繳蛇。」

聖旨一下，朝歌城老百姓都往鄉下、山中去尋蛇，四處找不到蛇，只好花錢到外地去買蛇來繳納，人民怨聲載道。幾個朝廷重臣：武成王黃飛虎、丞相比干、紂王的兄長微子啟等人都驚異萬分，不明白天子要蛇做什麼用。

繳蛇期限到了，蛇也集滿蠆盆。紂王下旨，把昔日服侍姜王后的宮女們帶到摘星樓，剝去衣鞋，一起推進萬蛇攢動的蠆盆之中。

一時之間，叫聲震天，圍觀的宮人看得臉色發白，兩腳止不住的顫抖。紂王和妲己卻哈哈大笑，得意非凡。

慘叫聲傳到了文書房，正在文書房辦公的諫官膠鬲吩咐下屬查明慘叫聲來源，下屬據實回報。膠鬲急急來到摘星樓外求見紂王。

「朕沒有叫你，你今天為何前來？」紂王十分不悅。

「臣今日晉見，是為了勸阻陛下用宮女餵蛇。此

刑太毒。」

「此刑稱為『蠆盆』，有了蠆盆，宮女不敢做壞事，後宮自然清淨。」

「宮女也是父母生養出來的，陛下怎麼忍心如此虐殺？」

「後宮不淨，朕怎能安居？卿不要再多言，速速退去。」

「王后冤死，諫官被炮烙，如今又推宮女入蠆盆，陛下都做不義之事，商王朝早晚會毀於你手中。」

「放肆！」紂王暴怒，「大膽膠鬲，竟敢詛咒朕的大好江山，來人呀！推入蠆盆。」

「昏君！我膠鬲身為諫官，怎會怕蠆盆惡刑？但我不忍見商王朝拱手讓人，真是死不瞑目！」膠鬲說完，從摘星樓一躍而下，腦漿四濺而死。

又除去一名諫官，紂王心中大樂。妲己又再提建議：「陛下貴為天子，理應享盡天下歡樂。臣妾認為，蠆盆旁邊可再挖掘兩個大池，一個放米糟，插上樹枝，樹枝上再掛滿鮮肉片，這池可稱為『肉林』；另一個池子倒滿美酒，稱為『酒池』。酒池肉林，是天子嬌貴身分的象徵，陛下覺得好嗎？」

「王后所說的，正好符合朕的心意。」紂王立即下旨建造。沒多久，酒池肉林便已造好，紂王與妲己

天天在此飲酒作樂。

　　過幾日，<u>妲己</u>皺起眉頭，嘟著殷紅雙唇說：「日日飲酒，好煩悶呢。」

　　<u>紂王</u>看了十分心疼，想盡辦法討<u>妲己</u>歡心。「不如叫宮女或宦官捉對撲鬥，贏的人賞賜到酒池肉林作樂。輸的人，既然不優秀，留著沒用，反而浪費糧食，就丟到蠆盆中，王后覺得如何？」

　　「妙極了！」<u>妲己</u>一臉燦爛，拍手叫好，「陛下果然才智傑出，英明一世。」

　　<u>紂王</u>隨即下旨舉辦宮女、宦官鬥賽。

　　宮中從此風聲鶴唳，人人自危。

封神演義

# 火燒琵琶

　　妲己在宮中享盡人間的榮華富貴，軒轅黃帝墳中的玉石琵琶精、九頭雉雞精，經常趁紂王睡覺時進宮去和妲己相聚，也趁機吸食宮人精血。

　　這一日，玉石琵琶精進宮和妲己敘舊，出宮後路過南門，看到鬧哄哄的人群圍著一家命相攤。坐在攤子算命的，正是由崑崙山下來協助周室建國的姜子牙。

　　「江湖術士也想騙錢？讓我去試試他的能耐如何。」玉石琵琶精化成一個美麗婦人，擠進人群中，嬌聲喊著：「大夥讓個路，小女子要卜個卦、算個命。」

　　姜子牙正為人解命，抬頭一看，眼前的美婦，原來是個妖精，他一把握住婦人手腕，丹田運氣，火眼金睛一釘。婦人身子動彈不得，口中叫喊著：「男女授受不親，你抓我的手不放是為什麼？快放手。」

　　「妖怪，妳休想逃！」姜子牙一手抓住婦人，另一手抓起桌上硯臺朝婦人頭頂用力一砸，婦人應聲而死。

　　旁觀的人看明明是個美麗的婦人，哪有什麼妖怪，

紛紛大嚷：「算命的殺死人了。」

　　一時間，姜子牙的命相攤被好事者團團圍住。正巧丞相比干路過南門。

　　「太好了！丞相最正直愛民了，找他申冤去。」眾人邊說，邊把姜子牙揪到比干馬前，你一言我一語的交代事發經過。

　　比干看到馬前跪著一個白髮老人，還拉著一個死去的婦人不放，心中怒起，斥罵：「你這老人，欺負婦人，人死仍不放手，心中全無禮法！」

　　姜子牙答：「我是讀書人，豈會不知行為要守禮合法？但這婦人是妖精化成，只要一放手，妖精就會遁地逃走。」

　　「哦？」比干想起近來妖精入宮的言論頻傳，不敢大意，便下令：「把這老人和死者一起帶進宮中，請陛下審判。」

　　比干帶著姜子牙和婦人屍體來到摘星樓，等候紂王宣判。姜子牙望見妲己的原貌，一陣驚疑：「王后原來是隻千年狐狸精，難怪一踏進王宮，便覺妖氣沖天。我得小心才是！」

　　姜子牙把妖精的事再對紂王敘述一次。

　　妲己聽了心中無限悲切，暗暗自語：「琵琶妹妹，妳來宮中看我之後，早該回墳地去，誰叫妳跑去算命

封神演義

招惹禍害呢？」

　　紂王一聽，又是什麼妖精的鬼話，臉上明顯不快。

　　妲己察覺，立刻啟奏：「陛下，我看這婦人分明是平凡人，想必是老人犯了殺人罪，一心推託。」

　　姜子牙反駁：「陛下，只要用火燒這婦人的身軀，就可知道是平凡婦人，或是妖怪化身。」

　　「言之有理。」紂王吩咐下去：「準備柴火燒屍。」

　　姜子牙在婦人的前心後背各貼一張符咒，將她置於柴薪上，然後點起熊熊大火。

　　大火燃燒許久，婦人身軀依然完好，紂王驚訝的問：「這妖怪到底是什麼幻化而成？」

　　「用三昧真火去燒她便知答案。」姜子牙說完，從眼鼻口噴出火來，與眼前的熊熊烈火混成一團。轉眼間，婦人從火中爬起來，大叫：「姜子牙，我與你無冤無仇，你怎用三昧真火燒我？」

　　姜子牙雙手結印，朝天一指，忽然一聲霹靂，火滅煙消，現出一具玉石琵琶。紂王嚇得倒退幾步，妲己卻心如刀割，默默自語：「妹妹，我會救活妳，並為妳報仇。」她強裝鎮定，拾起玉石琵琶，說：「啟奏陛下，

這琵琶質地很好，就賜給臣妾吧！」

「既然王后愛琵琶，就送給妳吧！」

妲己又上奏：「既然姜尚才術兩全，不妨留在朝廷，也可保護陛下的安全。」

紂王早嚇呆了，聽妲己這麼說，想也不想就說：「妳說的對。」紂王傳旨：「封姜尚為下大夫。」

姜子牙一愣，心想：「狐狸精留我在朝中莫非想報復？」本想推辭，但轉念一想：「我下崑崙山的目的，不就是要協助周室建國？既然進宮來了，就暫時留下，察看妲己如何誤國，知己知彼，才能順利成就周室大業。」姜子牙謝恩後退下，紂王也意興闌珊的回宮。

# 子牙歸隱

　　自從姜子牙燒了玉石琵琶精以後，妲己每到深夜，便抱著玉石琵琶到薑盆吸取宮人的血氣精華，協助玉石琵琶精恢復元氣，更不忘日夜苦思復仇的計謀。

　　這日，她終於畫成一卷圖樣，呈給紂王。「陛下貴為萬民之尊，理應建造如此宏偉壯觀的樓臺，上可以承接天恩，得到仙人眷顧；下可以誇示財富，鞏固天子威權。」

　　紂王展開圖樣頻點頭：「果然是精美的樓臺。但此工程浩大，誰來監造才適宜？」

　　「建造此樓臺之人，必須聰明睿智，熟習陰陽五行，才能明瞭風水相生相剋之道。依臣妾淺見，下大夫姜尚最為適合。」

　　「王后說得好。朕立刻叫姜尚進宮。」

　　姜子牙接旨，隨即進宮。

　　紂王見到姜子牙到來，遞給姜子牙一卷圖樣，「這是蘇王后設計的鹿臺，指名要愛卿監造。愛卿為朕分

勞，鹿臺建成，一定給愛卿加封晉爵。」

姜子牙展開鹿臺的圖樣，只見圖上標注樓高四丈九尺，設計華麗，工程十分浩大，萬分艱鉅。

「這鹿臺，需要多少時間完成？」紂王問。

姜子牙回答：「王后設計的圖樣精巧，工程浩大艱鉅，可能需三十五年才能完工。」

「三十五年？」紂王轉頭對妲己說：「王后，這鹿臺建造完成需三十五年，到時妳我都年老，恐怕也用不上，不如不建了？」

妲己說：「姜尚是江湖術士，一派胡言，這世間哪有需要耗上三十五年的工程？分明是欺君妄言，罪該炮烙。」

「王后不是說監造鹿臺姜尚最適合？炮烙姜尚，就無人監工鹿臺。」

「陛下不必擔心，摘星樓和壽仙宮都是北伯侯崇侯虎督工興建，死了姜尚，還可找崇侯虎。」

「王后說的有道理。」紂王下旨，「來人呀！把姜尚抓去炮烙。」

姜子牙正義凜然的說：「啟稟陛下，鹿臺工程浩大，勞民傷財，如今天下水旱頻仍，戰亂四起，國庫空虛，陛下實在不應聽信諂媚之言，大興土木，陷天下百姓於水深火熱的困境中。」

「住口！一派胡言！」紂王咆哮。

姜子牙不畏紂王怒氣，繼續直言：「陛下不聽臣諫，一意孤行，恐怕將來江山易主，王位難保。」

紂王大罵：「可惡姜尚，竟敢詛咒本王。來人呀！快把姜尚抓起來，炮成灰！」

姜子牙見紂王執迷不悟，多說無用，還得保住此身完成師尊交付的任務，因此轉身就逃，跑到九龍橋上時，被趕來的侍衛團團圍住，眼看侍衛的長矛就要狠狠刺來。姜子牙情急之下，往橋下一跳，潛水逃走了。

姜子牙到了城外，往西岐方向出發，暫時隱居磻溪，等待賢明的君主出現。

# 姬昌收子

　　姜子牙的直言勸諫，惹怒了紂王，更堅定了紂王起造鹿臺的意圖。

　　隔日早朝，金鑾殿上，百官林立，個個臉色沉重。

　　「朕要起造鹿臺新樓，眾卿為何不為朕賀喜一番?」紂王頗為不悅。

　　一名大臣挺胸一站，跨出隊伍，慷慨激昂的說：「陛下近來寵妖后妲己，誅妻、殺子、炮大臣，如今又要浪費民脂民膏起造鹿臺，作為私人享樂之用。身為臣子，不能阻止昏君的惡行已慚愧至極，哪還有臉出列賀喜？」

　　紂王大罵：「你這逆臣，竟敢在殿上侮辱國君，真是活得不耐煩。來人呀！抓去炮烙！」

　　「哈哈哈！昏君，活得不耐煩的人是你！東伯侯要是知道你殘殺了姜王后，豈會善罷甘休？」進諫的大臣怒罵著紂王。他被拖到了銅柱旁，衣服一剝，四肢貼柱，只聽到「啊」一聲慘叫，殿上傳來一陣焦臭

味。兩排臣子個個驚惶，無人敢出列求情。

　　紂王怒氣沖沖的退朝回到壽仙宮，獨坐不語。

　　「陛下似乎心事重重。」妲己善於察言觀色，「不妨讓臣妾為您分憂解勞。」

　　「炮烙刑罰，竟然還阻不了那些臣子的口舌，真是令朕惱怒。但是，更令朕擔心的卻是姜桓楚，他若得知姜王后已死，勢必揮軍往朝歌前來。這可怎麼辦才好？」

　　妲己回答：「費仲向來聰明過人，陛下不妨召見他來詢問，或許會有妙計。」

　　「王后說的沒錯，朕立即叫費仲進宮。」

　　費仲接旨而來，眼一溜，有了妙計：「陛下可命令四大諸侯進都城來，再用計將他們斬首、奪取軍權。四大諸侯一除，就如虎口拔牙，八百諸侯，誰敢作亂？這樣天下就可永保安康。」

　　「妙呀！」紂王擊掌，「就依你說的進行，朕立刻下旨宣召四大諸侯，即刻進京。」

　　紂王發布四道聖旨，下令四位大臣火速前往四大諸侯的封國。

　　奉旨前往西岐的官員一路風塵僕僕，進了都城，只見城內街道整齊清潔，市場百物豐饒，人民閒適和悅，路上行人也個個謙讓有禮。來自朝廷的大臣不禁

大嘆：「久聞姬昌是仁道賢君，果真百聞不如一見。」

西伯侯姬昌接到聖旨，送走朝廷大臣，占卜一算，涼意自腳底升起，緊急召來上大夫散宜生、大將軍南宮适和長子伯邑考，對三人吩咐：「剛才接到聖旨，必須進京面聖，但我占卜一算，此去凶多吉少，雖不致喪命，但有七年囚困之災。七年期間，國家內政請上大夫協助，軍事操演請大將軍負責。伯邑考，我不在家的這段時間，你們兄弟要和睦，不可躁動，七年之後，咱們君臣父子再相會。」

「遵命！」三人同答。

姬昌安排妥當，僅帶了幾名侍從隨即上路，一路上風塵僕僕，來到燕山下，突然大雷響起，暴雨驟至。一行人都淋成了落湯雞。大雨過後，姬昌交代屬下：「雷響帶光來，必有將星出現。大夥兒仔細尋找，把將星找來見我。」

部下聽令，分頭尋找。荒郊野外，大雨過後，連避雨的小動物都不見一個，哪來將星？眾人找來找去，都找不到，只好繼續往前進。隊伍才走不到半里路，路過一座古墓，忽然聽到一陣啼哭聲，原來是一個襁褓中的嬰孩，被棄置在墓旁。

姬昌看這孩子皮膚粉嫩，眼神晶亮，大喜過望：「我命中該有百子，到如今只有九十九個孩子，現在

封神演義

44

有了這孩子，正好成了一百之數。」

　　姬昌等人帶著嬰孩前進不到幾里路，遇到了一名修道人。

　　道人面容清瘦，仙風道骨，看到姬昌一行人前來，走上前去行禮問候。姬昌坐在馬上回禮：「我是西岐的姬昌，正要趕往朝歌面見聖上。請問道長在哪座名山洞府修道？為何獨自來到這山中？」

　　道人回答：「我是終南山玉柱洞的雲中子。剛才雷鳴雨下，是將星出現的吉兆，不知您是否遇到將星？」

　　姬昌吩咐手下把嬰孩抱到雲中子面前，「這是我剛才在路上撿到的嬰孩。」

　　雲中子接過嬰孩低頭細看，面露喜色：「將星，終於讓我找到你了。」

　　「大人，這嬰孩可否讓我帶回終南山當徒弟？等您他日回西岐再讓他與您相聚。」雲中子問。

　　姬昌點頭：「道長不妨帶去，只是孩子名字未取，以後相見要如何稱呼？」

　　雲中子回答：「這嬰孩在雷鳴之後現身，就取名為雷震子好了。」

　　「雷震子，此後跟隨師父學道，要用心勤奮。」姬昌撫了撫嬰孩嫩臉，輕聲交代了幾句，便告別雲中子與雷震子，一行人繼續東行。

# 四侯受難

　　姬昌來到朝歌城外時，東伯侯姜桓楚、南伯侯鄂崇禹、北伯侯崇侯虎都已到了。四大諸侯久別重逢，自然歡喜，一同夜飲敘舊。

　　「天子急催進京，不知為何？」姜桓楚憂心忡忡。

　　姬昌說：「天子有賢能的比干丞相輔佐政務，都城安全有武成王黃飛虎負責，姜大人不必擔憂。」

　　「但天子左右有費仲、尤渾等小人圍繞，非常不妥。」鄂崇禹三杯黃湯下肚，說話忘了分寸，轉頭望向崇侯虎，「崇大人，聽說你結黨謀私利，專與費仲、尤渾往來，督工建造摘星樓時，還和費仲一起收受賄款，並讓有錢買閒者在家休息，加重無錢者的工作，造成民怨沖天，這樣做實在不好。」

　　「你以為你是誰，憑什麼教訓我？」崇侯虎聽了鄂崇禹的話，惱羞成怒，怒氣驟然上升，揮拳就要往鄂崇禹打去，鄂崇禹臉色大變，屈肘架擋，兩個人眼看就要動手打起來。

「兩位息怒！」姬昌、姜桓楚及時拉開兩人，才化解了一場紛擾。

「崇大人，你先去休息吧！有事明天再談。」姜桓楚出言勸他，崇侯虎只好含怒獨自先回房睡，剩下三人繼續飲酒閒聊。到了深夜，姜桓楚、鄂崇禹已經半醉，神志清醒的姬昌突然聽到一個感嘆聲：「今夜飲酒歡聚，誰知明天人頭落地？」

姬昌聽了一身冷汗，一轉頭，只見一名在旁邊服侍倒酒的小卒正喃喃自語。

「你為何說此話？照實說來有賞，撒謊則定你的罪。」姬昌一喝，小卒嚇得當場跪下，姜桓楚和鄂崇禹的酒也全醒了。

「小的只是一時有感而發，不小心說錯話，請大人們原諒。」

「你會有感而發說這種話，一定是瞞著我們什麼事，再不吐實，立刻治你罪。」姬昌雙目如炬，無比威嚴。

小卒一嚇，全盤托出：「這是件機密事，因小的兄長在費仲大人府中當差，無意中聽說此事。」

「聽說何事？快說！」

「聽說紂王誅妻殺子，立妲己為王后，又聽信讒言，等四位大人上殿，一併斬首。」

封神演義

「姜王后被誅？」姜桓楚一驚，跟蹌倒地，「二位世子也被殺？」

「姜王后被酷刑折磨而死，二位世子被一陣怪風救走。」小卒說。

「我兒呀！妳為何遭此橫禍？」姜桓楚不禁悲從中來，老淚縱橫。

姬昌與鄂崇禹一同扶起姜桓楚，姬昌出言勸慰：「人死不能復生，姜大人請節哀。不如今夜我們各自準備奏摺，明日一起上殿力諫，務必替王后爭個公道。」

姜桓楚向兩人行禮道謝，這才含淚回房，三人各自散去，為明日上殿諫君作準備。

次日，四侯一起上殿，紂王一看見姜桓楚便先發制人：「姜桓楚，你命女弒君，意圖奪位，罪該萬死。來人呀！大刑伺候，將他碎屍萬段。」

「冤枉呀！」姜桓楚在錯愕驚懼中被拖下殿去，碎了屍身。

文官武將個個瞠目結舌，唯有鄂崇禹挺直腰桿，理直氣壯上奏：「陛下不看奏摺，即殺大臣，君臣之道何在？」

眾目睽睽之下，紂王只好展開奏摺，飛快掃視一遍，隨即扯碎奏摺，破口大罵：「可惡鄂崇禹，竟敢指責朕沉迷酒色，遠離賢臣，親近小人；還說王后是妖

精再世。真是活得不耐煩了。來人呀！將鄂崇禹拖下去斬了。」鄂崇禹也冤死刀下。

紂王還要藉故斬殺崇侯虎時，和崇侯虎頗有交情的費仲出列講情了：「啟稟陛下，北伯侯崇侯虎，當年造摘星樓、壽仙宮努力盡責，是個有功大臣。」

尤渾也稟報：「有功大臣如果和東伯侯、南伯侯一起斬首，百姓恐怕不服。乞求陛下赦免北伯侯一命。況且建造鹿臺還得倚仗北伯侯監工啊！」

紂王沉思一會兒，想起妲己嬌嗔的說監造鹿臺可找崇侯虎，嘴角微微上揚，說：「有道理，況且建造鹿臺需要北伯侯監工，罷了！赦北伯侯無罪。」

丞相比干、武成王黃飛虎等眾臣見崇侯虎被赦，也一起上奏為姬昌求情。

紂王既已赦了崇侯虎，又見一群大臣為姬昌求情，實在找不到藉口殺了姬昌，只好下令：「赦姬昌無罪，速返西岐。」

原本打算斬殺四大諸侯，如今只除去二人，紂王不太開心的宣布退朝。

比干、黃飛虎、箕子等大臣下朝，便要人準備水酒為姬昌餞別。

「大人即將西歸，我們為您準備水酒幾杯餞行，還有幾句話想說。」比干說。

封神演義

「姬昌願意洗耳恭聽。」

「當今天子雖然無道，但請大人顧念先王分上，不可失去君臣禮節、懷有異心。」

姬昌點頭回答：「今日因有各位救助，才能脫困，感謝天子赦命大恩都來不及了，怎麼敢作亂？」

大臣們個個點頭，一一舉杯敬姬昌，不知不覺間，姬昌已半醉。這時，兩匹快馬直奔而來，大臣們看到前來的竟是費仲、尤渾，不想與兩人共飲，便先後離去，只留下姬昌人馬。

「大人離京，遲來餞別，請原諒。」費仲假惺惺的舉杯敬姬昌。

「多謝二位大人盛情。姬昌何德何能，驚擾二位大人前來送行？」

「今日一別，不知何日能再重逢？用小杯子喝酒哪能盡興？」尤渾吩咐手下，「換大碗來！」

費仲、尤渾二人用大碗輪流敬姬昌。喝下兩大碗水酒，姬昌醉了。費仲趁機問：「久聞大人精通占卜命理之術，不知是否靈驗？」

「凡事雖命中註定，但多做善事自能趨吉避凶。」

尤渾故裝憂愁，「當今天子多做違背天理之事，不知將來下場如何？」

姬昌掐指一算，直率回答：「國家氣數黯淡，天子

違逆天理，恐會加速敗亡。」

　　「依大人算出來的結果，<u>商朝</u>天下還有幾年？」<u>費仲</u>再問。

　　<u>姬昌</u>嘆氣回答：「不會超過二十八年。」

　　<u>尤渾</u>再舉杯敬<u>姬昌</u>：「我們二人對自己未來亦充滿惶惑，是否請大人也為我們算算？」

　　<u>姬昌</u>已醉，毫無防備之心，掐指再算，沉默許久。「真是奇怪。」

　　<u>費仲</u>笑問：「如何說呢？」

　　「人的生死總有個定數，有人死於重病，有人死於天災，有人死於牢獄，但二位大人卻不知為何，竟有被凍於冰內之死劫。」

　　「生有時辰，死有定數，擔憂太多也沒用。不說這些了。」<u>尤渾</u>心中十分不高興，但仍虛情假意，舉杯再敬<u>姬昌</u>，「大人西去，一路順風。」

　　<u>費仲</u>、<u>尤渾</u>敬完酒，上馬離去，直奔<u>紂王</u>身邊稟報。毫無警覺的<u>姬昌</u>則帶著部屬向西行。

　　過了半日，聖旨突然從後追來，要擒拿「亂言辱君」的<u>姬昌</u>回朝，囚禁<u>羑里</u>。<u>姬昌</u>酒醒，不禁懊惱萬分。「原本能平安返國，都是酒後失言，才招來這七年之災！」

# 文王食餅

　　時光匆匆，七年過去了。

　　這一夜，伯邑考睡不著覺。

　　「七年了。父王被陛下囚禁羑里，已經七年。身為長子，應設法救回父王，不能再讓父王繼續受囚禁之苦。」

　　伯邑考想到此，決定帶著寶物進貢，為父贖罪。

　　伯邑考出發前，交代二弟姬發：「我前往朝歌救父王，少則兩個月，多則三個月就會回來。你們兄弟要和睦相處，政事暫時委任上大夫處理。」說完，伯邑考便帶著西伯侯旗號，一路東行，過五關，渡黃河，來到朝歌城，求見紂王於摘星樓。

　　紂王問伯邑考：「你進獻的寶物在何處？送來給朕觀看。」

　　伯邑考吩咐手下帶來各色珠寶及一隻白猿，說：「各色珠寶想必陛下已見多了，但是這隻白猿可是難得一見的珍寶。牠能打節拍，擅長歌唱。」

「叫牠試試。」紂王很感興趣。

伯邑考將檀板遞給白猿，白猿立即輕敲檀板，引吭開唱，歌聲有時像少女婉轉的情歌，有時像怨婦低聲的泣訴。摘星樓上人人聽得心神蕩漾，忘了自己。

附身在妲己身上的狐狸精，聽得如癡如醉，不知不覺間就露出了本相。

正在歌唱的白猿，看到座席上出現了一隻狐狸精，扔下檀板，就往狐狸精撲抓過去。狐狸精一警覺，恢復了人形，臉上卻被抓出一條傷痕。紂王反應靈敏，及時一掌劈過去，白猿當場斃命。事出突然，伯邑考嚇得白了一張臉。

「可惡伯邑考，表面進貢猿猴，實為行刺。」紂王大怒，「來人呀！拿下送入蠆盆。」

「且慢。」妲己進計：「陛下，伯邑考是姬昌長子，臣妾聽說『聖人不食子』，姬昌素有『聖人』美稱，能知福禍未來之事。不如將伯邑考剁成肉醬，做成肉餅。如果姬昌吃了肉餅，表示傳聞不實，姬昌不足懼，可以釋放姬昌，以顯示陛下仁德；如果姬昌不食肉餅，就連姬昌也一起殺，以免留下禍患。」

「王后所言，正合朕意。」紂王下旨，「將伯邑考做成肉餅送到羑里，賜給姬昌。」

姬昌被困在羑里，閒閒無事，彈琴解悶。忽然，

封神演義

指下琴弦一滑，發出凶惡之音，姬昌心驚，急忙占卜算吉凶。卜得凶兆，姬昌淚流滿面：「兒呀！你為何不聽我交代的話？如今被碎成肉餅，叫我怎麼吃得下去？但若不吃，我將沒命。到時，西岐百姓要何去何從？」

忽傳聖旨到，姬昌急忙用袖子擦去淚水，強自鎮定，不露半點悲傷，急忙接旨。

使臣宣讀完聖旨，送上一個食盒：「聖上昨日打獵，得到一隻鹿，今日特地做成肉餅，與大人分享食用。」

「謝主隆恩。」姬昌打開食盒，狼吞虎嚥的吃下三個肉餅。

使臣看姬昌連吃三個肉餅，心中暗笑：「人人都說姬昌是聖人，能占卜吉凶，看他吃兒子的肉吃得津津有味，原來傳聞都是假的。」

使臣回報紂王，紂王大樂，並詢問費仲、尤渾：「朕打算釋放姬昌回鄉，兩位愛卿覺得如何？」

費仲二人剛收了西岐上大夫散宜生暗地裡送來的厚禮，不免要替姬昌說些好話。費仲回答：「陛下囚禁姬昌七年，姬昌從不抱怨，果然是個忠臣。忠臣得赦，必定會對陛下死心塌地。」

「尤大夫看法如何？」紂王又問尤渾。

尤渾見費仲為姬昌說情，猜想費仲一定也是收到來自西岐的厚禮，心想：「他既做人情給姬昌，我怎能

封神演義

落後？」

　　尤渾恭敬回答：「姬昌回鄉，如果再加封王號，自然傾全力報恩。更何況姜桓楚之子姜文煥造反，自立為東伯侯，大將竇榮苦戰七年無法取勝；鄂崇禹之子鄂順叛變，自封為南伯侯，鄧九公討伐七年也未能平定。聞太師北征十餘年在外，都不能終止戰亂。姬昌威鎮西岐多年，一旦回鄉，忠心朝廷，東伯侯、南伯侯自然畏服，不敢造反，天下將回歸太平。」

　　「兩位愛卿說的非常有道理。」紂王頻頻點頭，「朕明日即下旨，赦姬昌回故鄉，加封號『文王』。」

# 文王歸國

　　姬昌得到紂王贈與的「文王」封號，並赦罪回鄉。

　　文王為避免紂王反悔，火速西歸，終於來到西岐城外的羊腸小徑，此處陽光輕灑，風光美好。

　　文王騎驢，緩緩走出小徑，來到大路上。故園景物依舊在，只是七年青春已逝去。

　　文王正無限感傷時，眼前湧出大隊人馬，文王驚懼未定，仔細一看，原來是大臣散宜生、南宮适等人前來迎接，領隊帶頭的，正是次子姬發。

　　「父王一路辛苦，請換衣換馬。」

　　文王百感交集，換了王服跨上逍遙馬，大隊人馬浩浩蕩蕩入城。沿途歡聲雷動，家家戶戶張燈結彩，迎接文王回國。

　　文王騎馬來到路口，看到文武官員及所有孩子列隊等候，只缺了長子伯邑考一人，想起自己在羑里食肉餅之苦，突然淚如雨下，胸口一陣悶痛，竟跌下逍遙馬來，面色如白紙。世子們慌忙把文王扶起，灌了

幾口熱茶，<u>文王</u>睜開眼，臉色慘白，連吐了三口肉餅出來，肉餅落地，變成三隻白兔，鑽到草叢裡去了。<u>文王</u>想到，自己為了安然返回故鄉，不得不裝傻吞下長子的肉，真是人間最悲慘的事。如今見到活生生的兔子，彷彿見到<u>伯邑考</u>復活，臉色這才慢慢恢復正常。

<u>文王</u>休息幾日，恢復了體力，召見百官。

<u>文王</u>說：「我打算建造一座<u>靈臺</u>，為地方祈願納福之用。但又怕勞民傷財，不知如何是好？」

<u>散宜生</u>回奏：「大王建此<u>靈臺</u>是為百姓祈福之用，並非私人遊樂使用，並不勞民。若大王不輕用民力，可以貼公告，給每日工資一錢，隨個人意願前來上工，不勉強。」

「上大夫說得對，正合我意。」

告示一貼，百姓歡欣上工，不過月餘，<u>靈臺</u>就完工了。<u>文王</u>帶著百官前往<u>靈臺</u>，路過市井狹路，遇到一名樵夫<u>武吉</u>，<u>武吉</u>為閃躲車馬，換肩挑柴，不料肩上的尖柴把一名士兵刺死了。

「賣柴的打死人了。」侍衛捉拿<u>武吉</u>稟報<u>文王</u>。

<u>文王</u>下車問清<u>武吉</u>姓名，依往例畫地為牢，把<u>武吉</u>囚禁在原地，並豎一根木柱為獄吏，大隊人馬繼續前行。<u>文王</u>的人馬來到<u>靈臺</u>，只見<u>靈臺</u>高二丈，圓柱高聳，屋頂刻有八卦符號，屋角畫有四季美景，君臣

看了都十分歡喜，當晚就留在靈臺夜宴住宿。

半夜時，文王在睡夢中看到一頭帶著兩翅的白虎往自己撲來，嚇得一身冷汗驚醒。

隔日清晨，文王把夢說給散宜生聽，想解夢境吉凶。散宜生向文王賀喜：「大王夢到的雙翅白虎，應該不是一般老虎，而是吉獸飛熊，這象徵輔國賢才將要出現。」

文王聽了，心裡十分歡喜。

文王帶著百官由靈臺返回，經過市集，看到昨日殺人的樵夫在原地畫牢中啼哭。散宜生前去詢問，武吉回答：「我出門賣柴殺人被關，母親在家並不知道，事發突然，我來不及為母親準備養老的錢財物品，就怕他日母親老去，連個安葬的地方都沒有。」

文王下令：「讓武吉回家安頓母親妥當，再來坐牢受罰。」約定半年為期後，便釋放了武吉。

時光匆匆，半年過去了。武吉卻還沒回市場原地坐牢，因此散宜生向文王稟告此事。

「待我占卜算算，看武吉現在何處？」文王占卜

一算，大驚，「武吉已畏罪自殺。」

「武吉只是無心殺人，我並未判他死刑，他卻賠上自己一條性命，真是糊塗！」文王連聲嘆氣，無限感傷。武吉誤殺一案就此了結。

日子過得飛快，轉眼到了三月。文王率領文武百官到郊外遊春。在河邊聽到幾名漁夫唱著歌，文王十分驚喜：「聽這歌詞清奇，其中必有賢人。快去請來。」

部下攔住漁夫：「可有賢人在其中？」

漁夫們笑答：「我們捕魚回來，無事可做，都是閒人。」

文王訝異：「你們唱的歌詞意境悠遠，應是賢人所做。」

漁夫們回答：「磻溪邊有一個老人，整日釣魚，時常唱這首歌，我們聽久了也都會哼上幾句，這歌不是我們做的。」

文王一聽，趕緊與隨行君臣辭別漁夫，往磻溪前行。在山徑，文王又聽到一陣歌聲。「這歌聲達觀開朗，必有賢人在此。」文王又催人去請，請來的是一群樵夫，其中一人，竟是武吉。

文王大驚，連忙問武吉：「我占卜得卦，你已畏罪墜崖，為何在此出現？難道你懂巫術？」

武吉嚇得兩膝癱軟，立刻跪下：「小人是受磻溪老

人指點，他要我挖地洞四尺，頭上腳下各點一盞燈，身上蓋上雜草、撒上米粒，在地洞睡一夜，就可躲過一劫。」

「喔？」文王想這磻溪老人肯定是個不簡單的人物，因此問武吉：「磻溪老人是何名何姓？現在人在哪裡？」

「我已拜老人為師，恩師姓姜，名尚，字子牙，號飛熊，常在溪邊離水三寸，用直鉤釣魚，說他釣的不是魚，是自願上鉤的明君。」

「賀喜大王，夜夢飛熊，今日果然訪得賢才。」散宜生高興的說。

「快帶我去拜訪你的恩師。」文王立刻隨著武吉去找姜子牙。

但姜子牙與道友出遊並不在家。

散宜生建議：「賢者難求，今天是偶然來訪，不夠虔誠。大王不如先回駕，齋戒沐浴三日，再專程來聘請。」

文王聽從散宜生的建議，悵然而回，回朝後下令文武官員全體齋戒三天，表示對賢才的敬重。

三天後，文王帶著百官再次探訪，果然如願找到姜子牙。

「久仰先生高明，前次拜訪未能見先生一面，今日專程拜見，能遇見先生，真是姬昌的幸運。」

姜子牙回答：「我的文才不足以安邦，武德不足以定國，受賢王如此眷顧，實在不安。」

「先生請勿謙虛，如今天子荒淫無道，天下大亂，吾王寢食難安。」散宜生將聘禮送到姜子牙面前，「我們君臣齋戒三天，虔誠聘請先生輔佐西岐，希望先生能答應。」

「先生如能相助，是姬昌之幸，也是百姓大幸。」文王也說。

姜子牙叫武吉收下聘禮，誠懇的回答：「賢王的禮遇，姜尚非常感激，必定全力回報，忠心為國。」

文王邀得姜子牙相助，回到西岐，封姜子牙為右靈生丞相。姜子牙治國有方，使得西岐國富民強，成為一方之霸。

# 比干挖心

　　文王得到姜子牙的輔佐，聲望如日中天。而紂王卻還耽溺在享樂中，這陣子最讓他高興的是崇侯虎監造多年的鹿臺終於完工了。

　　新落成的鹿臺高樓，雕金刻銀，令人眼花撩亂。

　　妲己和紂王站在高臺上，盡情遠眺，涼風陣陣拂面而來，令人歡暢無比。

　　「這鹿臺高聳入雲，如果有仙人下凡來，必定更加光耀。」紂王語帶遺憾。

　　妲己心生一計，答道：「陛下福德雙全，臣妾相信月滿之夜，必定有仙人前來榮耀鹿臺。為了表示陛下的誠心，還必須有一位重臣陪侍，仙人才肯降臨。」

　　「真的嗎？」紂王驚喜，「朕這就叫人在十五日的夜晚擺宴，要丞相比干陪侍，靜待仙人降臨。」

紂王說完，開心的回宮。

妲己趁著紂王入睡的深夜，回到軒轅古墓。

當年被姜子牙火焚的玉石琵琶精，每夜吸取宮人血氣精華，早已復活回到軒轅古墓中。妲己回到古墓，順利的邀請九頭雉雞精、玉石琵琶精及狐子狐孫們五天後進宮赴宴。

十五日的晚上，一輪明月高掛天空，清亮的月光遍灑大地，九頭雉雞精化成胡道姑，玉石琵琶精化成王道姑，帶著一群幻化成仙人的狐子狐孫，飄然來到鹿臺參加紂王的飲宴。好色的紂王看到胡道姑和王道姑姿色勝過妲己數倍，早已心神盪漾，當場冊封兩名道姑為妃子，迫不及待的帶著她們到無人處享樂，並交代妲己及比干說：「朕有點醉了，先離席，盛筵就交由王后主持，也請丞相代為招待，為仙人斟酒，務必盡興。」

比干只好親自為酒筵上的仙人一一斟酒。

筵席上的狐子狐孫雖然都化成仙人模樣，但狐騷臭味卻遮掩不住，一陣陣傳出，臭不可聞。比干心裡暗想：「神仙六根清淨，怎會如此穢臭難聞？」

酒過一巡又一巡，妲己的狐子狐孫一個個醉了，把持不住，狐狸尾巴一條一條露了出來。皎潔的月光下，比干看得一清二楚，卻只敢暗暗叫苦，想著脫身

的辦法。

　　妲己看到自己的狐子狐孫露出了狐狸尾巴，有些小狐甚至快要現出原身了，妲己怕比干識破，便下令：「夜深了，眾仙請回。丞相辛苦一夜，也請下臺吧。」

　　眾人紛紛散去，結束了酒筵。

　　比干下了鹿臺，滿心鬱悶的返家，在路上遇到正在巡邏王城的武成王黃飛虎。

　　黃飛虎驚訝的問：「丞相有什麼急事嗎？為什麼現在才回家？」

　　比干兩眉糾結，氣憤的回答：「天下將亂，妖孽四起，該如何是好？陛下叫我伺候仙人夜飲，誰知酒過三巡，她們竟一一露出尾巴，原來全是狐狸精，實在可恨！」

　　「宮中有妖孽的傳言果然是真。」武成王驚訝萬分，但他帶兵多年，早已練就處變不驚的能力，隨即鎮定回答：「妲己那禍水一時動不了她，但其他小狐狸精們卻不可放過，她們現在在哪裡？」

　　「正往東南方走去。」

　　黃飛虎立刻派人前去探查，在東南城外，果然看到一群狐狸正步履歪斜的走進古墓旁的一個大洞穴中。

　　黃飛虎得知，便命令三百家將用木柴將洞口堵住，再點火燒了。洞穴中醉得無法施展妖術的狐狸精全被

燜燒死盡。

比干建議：「可把狐狸的皮毛採集來做成大衣獻給陛下，也好給狐狸精妲己一個警惕。」

「好主意。」黃飛虎吩咐屬下採集狐狸皮毛，做了一件大衣，兩人一同獻給紂王。

紂王試穿，果然輕柔溫暖，十分歡喜。妲己在一旁，恨得咬牙切齒，一心要為狐子狐孫報仇。

過了兩日，紂王和妲己、胡夫人、王夫人一同進餐，妲己突然摀住胸口喊疼，瞬間倒地，口吐鮮血。紂王嚇得臉色發白，手足無措。

「陛下不用驚慌，王后是因為操勞過度，舊疾復發。只要用一片玲瓏心煮水喝下，即能痊癒。」胡夫人說。

「玲瓏心要去何處尋找？」紂王急問。

「朝歌城中只有一人擁有玲瓏心，但恐怕他不願借。」

「何人擁有玲瓏心？朕下旨一定要他借一片來救王后。」

「丞相比干是唯一擁有玲瓏心者。」

「朕立即下旨，要比干進宮晉見。」

比干閒坐家中，忽然聽見「聖旨到」，慌忙起身跪接聖旨。

比干接下聖旨，才知道紂王要他進宮，獻上他的心，當下臉色全白，久久才回過神來。

「君要臣死，臣不得不死。如今陛下要挖我的心，我是無處可逃了。」比干對夫人交代完後事，便應召入朝。

比干到了王宮外，早已圍滿了接到消息趕來探望的大臣，人人惶恐，卻愛莫能助。只見比干鎮定的走往摘星樓。紂王早已不耐等候，看見比干前來，分外歡喜，特地走上前去，親暱的說：「叔父，王后病危，要向叔父借一片玲瓏心救王后。」

「何謂『玲瓏心』？」

「即是叔父體內那個心。」

「昏君！」比干怒罵：「你還認我是你的親叔叔，竟要挖我的心去救妖后。」

「只是借一片心而已，叔父何必如此吝嗇？」紂王語氣頓時冷了下來。

「心是一身之主，傷了心，就亡了命。我比干不是苟且偷生之輩，只恐怕比干在，江山在；比干亡，國家亡。」

「只是要你一片心，何必多囉嗦！」紂王喝斥，

「殿前武士，將比干拿下，挖出心來。」

「且慢！」比干從懷中抽出預藏的匕首，面向太廟方向一拜再拜，「我死，不愧於天地。只可惜商朝六百多年基業，就要斷送。」

比干說完，匕首插胸，大叫一聲，兩眼一閉，鮮血濺染塵埃，在地上流成一幅紅色的地圖。

# 文王託孤

　　丞相冤死的消息傳到了西岐相府。

　　姜子牙早已耳聞紂王沉迷酒色，專寵奸臣，任由費仲、尤渾和崇侯虎敗壞朝政，無惡不作，使天下百姓民不聊生，如今又親手殺了自己的叔叔，更令姜子牙氣憤難平。

　　「紂王暴虐無道，大失民心，此刻正是討伐的最佳時機。但大王忠心仁德，一定不肯發兵……倒是崇侯虎身為四大諸侯之一，理應盡忠報國、造福蒼生，卻蠱惑天子、貪酷無厭，若不及時除去，恐怕將來會成為國家大患。」姜子牙思考再三，向文王請求征伐崇侯虎。

　　「我和崇侯虎同樣都是一方之侯，如今去討伐，恐怕師出無名，而百姓也將無辜遭受戰火波及。」

　　「天子周遭盡是小人圍繞，在朝，殺戮忠良；在外，奴役百姓。崇侯虎勢力龐大，是其中的罪魁禍首，只要除去崇侯虎，天子自然會遠離小人，親近賢臣、

效法堯舜，到時候天下蒼生就得救了。」

文王聽姜子牙一番話非常有道理，仔細思考之後便說：「准奏！傳令下去：不准軍士欺凌百姓，違者重罰。」

文王帶了十萬兵士到達崇城外，但崇侯虎不在城內，遠在朝歌陪伴紂王。姜子牙心想：「夜長夢多，如果其他諸侯說大王這次征討名不正言不順，恐怕大王就會退兵。但若不將崇侯虎除去，周室建國大業就難成功。對了！北伯侯之弟崇黑虎向來不齒兄長所作所為，不如……」

姜子牙暗地裡寫了一封信快馬送到曹州給崇黑虎，請他為國家大局著想，協助捉拿崇侯虎。崇黑虎欣然配合，只略施小計，就輕易捉拿崇侯虎送到周營。周營不費一兵一卒，斬了崇侯虎，萬民歡騰。但文王從此每夜夢見崇侯虎來索命，嚇得他魂飛魄散、冷汗直流，惡夢連連。

封神演義

文王精神困頓，又受到風寒，再加上征途勞累，回到西岐便一病不起，怎麼治療都沒有效果。

這夜，文王叫姜子牙進宮。

文王在病榻上含淚對姜子牙說：「斬殺北伯侯，雖然是為民除害，但我內心一直不安。如今，我已是病入膏肓，不久人世了，因此特地請丞相前來，有要事

交代。我死後，縱使天子惡貫滿盈，也不可隨著其他諸侯，以臣伐君，以下犯上。」

　　姜子牙跪在病榻旁，涕淚交加的說：「臣受主公恩寵，身居相位，豈敢違背主公交代，成為不忠之人？」

　　文王虛弱的交代隨侍在側的世子姬發：「兒啊，眾弟年幼，我死之後，西岐便交付你手中。天子縱使無德，你也不能違背禮制去征伐他，以免留下弒君的惡名。你要把姜子牙當作父親，早晚聽訓，不可違逆。切記！」

　　「父王的教誨，兒臣不敢忘。」姬發淚流滿面。

　　文王說完，氣力全盡，不久便撒手人寰，享年九十七歲。

　　等到文王喪期結束，姜子牙及群臣共同恭請世子姬發承接爵位，是為武王。武王在姜子牙的輔佐下，謹遵文王的遺訓，以德治國，國內安定，人民安樂，一片祥和。

# 飛虎歸周

西岐姬發自立為武王，消息傳入朝歌，紂王頗為不悅。

「大膽姬發，妄自稱王，眼裡全無朕的存在。」

妲己一心想為狐子狐孫報仇，趁機便說：「當年如果不是比干和黃飛虎替姬昌求情，也不會有今日姬發自號『武王』的情形發生。」

「都怪朕一時心軟，沒有斬草除根。」

「陛下一片仁心寬待大臣，哪曉得大臣是否忠心耿耿呢？如今比干已死，不需擔心，陛下要提防武成王黃飛虎和西岐是否有私下往來，以防不測。」

「黃飛虎官拜武成王，掌管王城治安，應該不會胳臂往外彎吧？」紂王表面上雖然這麼說，但內心卻不免有了戒心，對黃飛虎也不再如往日親密。

時序來到正月元旦，百官上朝向天子恭賀新年；王公大臣的夫人們，也一一進宮向王后賀歲。

妲己見到武成王元配賈氏國色天香，邪計立刻湧

上心頭。夫人們賀歲完畢，紛紛歸家，妲己獨獨留下賈氏，藉機將賈氏哄上摘星樓，再暗地裡請來紂王，好色的紂王一見賈氏便驚為天人，忍不住伸手去牽拉，賈氏性格貞烈，不甘受辱，跳樓而亡。

黃飛虎在家等候夫人回家，等了半日，還不見人影，到了下午，正要派人進宮打聽，僕人卻慌慌張張跑來稟報：「王爺！事情不好了！夫人在摘星樓遇到陛下，被陛下調戲，夫人羞愧得跳樓而死。」

「啊？」黃飛虎聽到妻子的噩耗，六神無主，「夫人僅是向王后賀歲，為何會上摘星樓？」

「一定是妲己那狐狸精和陛下見嫂嫂國色天香，一起出計陷害的。真是欺人太甚，以為我們黃家人好欺負嗎？走！去問個究竟。」黃飛虎的弟弟黃飛豹義憤填膺，穿上盔甲，帶著大隊人馬衝往王城，黃飛虎只得匆匆騎上五色神牛趕上。

黃飛虎一行人來到王城外，卻意見紛歧了起來，黃飛虎的弟弟黃飛豹、黃飛彪主張直接攻進殿裡，向紂王要個公道；黃飛虎則認為應遵守君臣禮法，等候紂王召見。兩方正在王城外喧譁時，驚擾了殿上的紂王。紂王原本正懊恨自己一時糊塗，貪圖美色，逼死了大臣妻室，此刻聽到黃飛虎在城門外叫陣，不自覺惱羞成怒。紂王一咬牙，匆忙披上盔甲，騎上戰馬，

帶著大群護衛衝出。

「暴君無德，欺負大臣的妻室，今天我們要替兄長討個公道。」黃飛豹、黃飛彪一見到紂王，立刻朝紂王打來。

紂王個性凶殘，豈容大臣放肆，拔劍狂揮，反打回去。

黃飛虎見紂王下手凶狠，恐怕兩個弟弟招架不住，便也加入戰局。

紂王沉迷酒鄉多年，體能大不如前，幾招之後便屈居下風，逃入王宮內。黃飛彪要追，黃飛虎制止：「不可。咱們只是想把事情問個明白，豈能犯下殺君叛國之罪？」

「可是剛才交戰，已經犯上了。」黃飛豹答。

「哎！剛才真是怒氣衝過頭，如今，有理反倒變無理了。」黃飛虎懊惱萬分，「天下之大，恐怕再沒有我們黃家立足之地。」

「大哥別擔憂，天下三分，如今周已得二分。而且武王承襲文王賢德，治國有方，我們不如去投靠西岐。」黃飛彪說。

「也罷，只有這條路可以走了。」黃飛虎清點家產，帶著家人匆匆往西岐奔逃。

黃飛虎和姜子牙曾經短暫同朝為官，也算是舊識。

封神演義

透過姜子牙的引見，黃飛虎朝拜了西岐新國君武王。

「久聞將軍是棟梁之材，能得將軍襄助，真是西岐之幸！」武王大喜，問姜子牙：「黃將軍在朝廷，官職如何？」

「官拜鎮國武成王。」姜子牙答。

武王說：「只改一個字，封黃飛虎為開國武成王。相父，請為武成王造屋，別讓他們一家流離不安。」

「謝大王。」黃飛虎感激回稟：「飛虎一家人必定盡心盡力回報大王重用之恩。」

封神演義

# 哪吒出世

　　黃飛虎投效西岐之後，紂王愈加惱怒，決定派兵征伐西岐。

　　眼看西岐戰事即將開始，姜子牙的恩師元始天尊已早一步派白鶴童子到乾元山金光洞，送口信給徒弟太乙真人：「師父說，子牙師兄已下山，即將輔佐周室建國，請師兄把靈珠子送下山去，協助子牙師兄。」

　　「好。回報恩師，靈珠子今日就下凡塵。」

　　白鶴童子離去後，太乙真人帶著徒弟靈珠子，來到陳塘關。陳塘關總兵李靖的夫人已懷孕三年六個月，卻遲遲未生產，此時正在房中酣睡。

　　李夫人在夢中看見一個道人朝自己扔了一顆紅球，大叫：「夫人快接麟兒。」李夫人伸手一接，肚子突然痛起來，李夫人忍不住呻吟痛叫，眼一睜，看到整個房間一片紅光，一個籃球大的肉球已從自己身上滾到了地上。睡在一旁的李靖醒來，以為妖怪入侵，提著劍對準地上的肉球一劍刺去，肉球「嘩啦」一聲

裂開，一個活蹦亂跳的男娃跑了出來，男娃左手戴個金鐲子，身上綁了一塊紅肚兜。李靖與夫人看這男娃容貌俊秀，十分歡喜。

隔天，一名道人來訪。

「貧道為乾元山金光洞太乙真人，聽說夫人昨日產下一名公子。不知可否讓貧道收他為徒？」

李靖大喜：「我的長子金吒拜五龍山雲霄洞文殊廣法天尊為師，次子木吒現隨九宮山白鶴洞普賢真人學道。道長願意收此子為徒，我非常樂意。還請道長為他取個名字。」

「這孩子就名為哪吒吧！你們好好照顧他，時機到時，貧道會再來帶他上山修練。」太乙真人說完就回金光洞去了。

時光匆匆，不知不覺間，數年就過去了。

這一天，李靖出操練兵，哪吒在家無聊，自己一個人跑到河邊遊玩。天氣酷熱，哪吒忍不住跳進河裡，順便扯下身上的紅肚兜，充當毛巾，在河裡洗起澡來。

哪吒哪裡知道這紅肚兜和手上的金鐲子，原本是金光洞的鎮山之寶混天綾和乾坤圈，神威無窮，又哪裡知道這河正在東海口上，龍宮就在其中。他手中的紅肚兜這麼輕輕一晃，就震得水底龍宮天搖地動，險些被震倒了。

封神演義

哪吒正玩得開心，突然一個兩根犬齒歪到嘴唇外面的怪物，拿著一根大斧頭，從水裡冒出來大罵：「嘿！哪來的毛頭小子？快滾！你再玩，龍宮就要被你掀了。」

哪吒從來沒遇過說話如此無禮的人，手一伸，搶過了斧頭，朝怪物的頭用力一敲，妖怪馬上頭破血流而死。不久，龍王三太子從水裡冒出，開口就罵：「大膽頑童，竟敢打死我的愛將，震垮水晶宮。」

三太子伸出長矛刺向哪吒，哪吒及時把手上的紅肚兜和金鐲子朝三太子扔過去，三太子立刻斃了命。

哪吒歡歡喜喜抽出龍筋，準備獻給李靖當腰巾。不料龍王早一步找上李靖告狀。

李靖一怒之下把哪吒逐出家門，哪吒跑去找東海龍王理論，把年老力衰的龍王痛打一頓，再剝下他的幾片鱗甲當紀念品。哪吒知道自己不是凡夫俗子，而是太乙真人的弟子靈珠子，便到乾元山金光洞投靠師父。

「靈珠子，你就是脾氣太過暴躁，才會犯錯不斷，想不到才投胎下凡不久，又惹事回來。龍王已向玉帝告了你父親一狀，你還是先回家去替你父母償命吧！」

哪吒回到陳塘關，正好看到李靖夫婦被龍王綑綁，準備送往天庭接受處罰。

「好漢做事好漢當。我殺死了龍王三太子，就由我本人來償命。」哪吒大叫，「我願割腸剔肉，用三魂

七魄償還父母兩命。」

龍王氣忿的說：「你說到就要做到。」

哪吒點頭，甘心接受懲罰。

哪吒一命歸天之後，魂魄在空中飄蕩，無處可去，最後還是飄回到乾元山的金光洞。太乙真人說：「你必須要接受人間的香火三年，為師才可以幫你，讓你的肉身復活。你回去託夢給你的母親，請她幫你在山上蓋一間廟。」

李夫人在夢中見到哪吒懺悔：「孩兒錯了，請求母親為我蓋間小廟，如能有幸分得人間一點點香火，三年之後，師父就可以助我再世為人，回報父母養育之恩。」

李夫人夢醒，將此事告訴李靖，反被李靖責罵一番。李夫人寧可信其有，只好偷偷在山上為哪吒蓋一間小廟，從此哪吒的魂魄就寄身在小廟的泥偶身上。

眼看三年的香火期限就要滿了。然而，這一天李靖路過，發現哪吒的小廟，氣得一把火燒了小廟，哪吒的魂魄無處安身，再度飄回金光洞。

「弟子三年香火原本就要期滿了，卻被李靖一把火毀了。請師父救命。」

「也罷！三年將滿，天下已亂，你即將身負重任，給你一線生機。」太乙真人把蓮花瓣在地上鋪成一個

人形，牽著哪吒的魂魄來到花瓣人形中，唸一段咒語，瞬時間，花瓣離地飛起，包裹著哪吒的魂魄，在空中組合成一個立體的人形。

　　哪吒果然復活。

　　太乙真人交代哪吒：「你要專心在洞裡練鎗法和學踩風火輪，日後才能協助姜子牙成就大業。」

　　駕馭風火輪對哪吒來說，是件輕而易舉的事，沒多久，他就熟練其中的技巧。但哪吒心中對李靖燒廟的恨意難消，於是趁著太乙真人打坐練功，踩著風火輪回到陳塘關找李靖報仇。

　　李靖不是哪吒的對手，被打得到處逃。李靖逃到長子金吒練功的雲霄洞中，哪吒仍緊追不捨。金吒的師父文殊廣法天尊伸手一扔，遁龍椿噴出三昧真火，把哪吒鎮得動彈不得。

　　太乙真人這時也趕到了雲霄洞。文殊廣法天尊對太乙真人說：「你的徒弟，倒要我來教訓。」

　　「感謝師兄。這徒弟殺戒太重，需要磨去本性。」太乙真人笑答，轉頭指責哪吒：「不可再追打父親，父

子要和好。你先回金光洞中，為師要留在此處和師伯敘舊。」

「是的，師父。」哪吒心有不甘，勉為其難的答應。

李靖前腳才離開雲霄洞，哪吒後腳隨即趕到，追著李靖又是一番打。李靖無奈，只好拔腿再逃。父子一個逃一個追打，路上又遇到一個道人迎面而來，道人插手救了李靖，哪吒一怒，一鎗刺向道人。

道人從長袖抽出一朵白蓮，朝天空一扔，變成一座玲瓏寶塔，把哪吒壓在底下，疼得半死。

「認不認李靖這個父親？」道人問。

「認了。」哪吒疼得差點兒說不出話來。

「既然認了這個父親，就不要再報仇。」道人收起寶塔，放了哪吒，接著轉頭望向李靖，「如今天下大亂，你們父子暫且全心修道，等待西岐興起，你們父子四人同心協助姜子牙建國，修成正果。這寶塔送你，既可鎮壓哪吒，將來也可鎮敵。」

封神演義

「多謝道長指點。」李靖向道人行禮道謝，「請問道長名號？在哪座名山洞府修道？」

「我乃靈鷲山元覺洞的燃燈道人，受師弟太乙真人之託，特地前來為你們父子解怨。咱們後會有期！」

「恭送道長！」李靖父子送走燃燈道人，各自修道去了。

# 哪吒下山

奉紂王之命北征十餘年的聞太師，終於凱旋歸來，大隊兵馬，像長龍一般進入朝歌城。聞太師坐在馬上，既得意，又威風！

聞太師上到金鑾殿來，卻見紂王眉頭深鎖。

「武成王黃飛虎，在王城外殺朕未成，如今叛逃西岐。滿朝文武，竟無一人可為朕追捕解憂。」紂王滿心怨恨，不曾減少。

聞太師見百官噤若寒蟬，跨步出列，豪氣萬千的回答：「臣願負責調兵遣將征伐西岐，押解黃飛虎回朝受審。」

紂王大喜：「聞太師既然願意總領此事，為朕分憂，黃飛虎必定插翅難逃。」

聞太師回到府中，立刻派出探子偵察黃飛虎行蹤。

「黃飛虎已經過了數關，安全到達西岐。」探子回報。

聞太師皺眉苦思：「自從東伯侯姜桓楚、南伯侯鄂

崇禹被斬之後，他們的兒子自立為王，帶頭起兵反朝廷，天下已有四百諸侯造反。我還得坐鎮朝歌，發兵四處征討，不宜親征。但西岐已壯大，不知哪個將軍適合西征？」

「啟稟恩師，若想要順利的討伐西岐，唯有青龍關張桂芳才可以勝任。」徒弟吉立回答。

「哦？」聞太師問：「這話怎麼說？」

「張桂芳學有幻術，兩軍交戰必先互通姓名，張桂芳只要在馬上喚出對方姓名，說：『某某不下馬更待何時？』對方就會跌下馬，束手待擒。」

聞太師拍手叫好：「快傳令張桂芳，兵伐西岐。」

張桂芳接到太師的指令，帶了十萬人馬，火速前往西岐叫陣。

首戰，文王第十二子姬叔乾被斬了首級；再戰，張桂芳擄獲了西岐大將南宮适，姜子牙只能趕緊掛上免戰牌，苦思對策。

過了幾日，西岐相府中來了一個道童。

「你從哪裡來的？」姜子牙問。

「弟子是太乙真人門下，姓李，名哪吒。奉師父的命令下山來協助周室建國。」

「原來是師兄太乙真人派愛徒來為我助陣。」姜子牙心中湧起一股暖流。

「師叔為何掛起免戰牌？」

「張桂芳有喚人落馬的妖術，不想傷及無辜，所以暫時掛上免戰牌。」姜子牙回答。

「弟子願去應戰。」

「務必小心。」姜子牙下令摘去免戰牌，哪吒應命出戰。

前來應戰的是張桂芳的旗下先鋒官風林，風林和哪吒大戰二十回合之後，轉身要逃，哪吒緊追在後，風林把嘴巴朝哪吒一張，噴出一道黑煙，變成一張黑網，再生出一個紅珠，往哪吒正面打來。

「你的妖術是對付不了我的！」哪吒伸手一指，黑煙消散，再把手中的乾坤圈一扔，打中風林的肩膀，風林筋斷骨折，狼狽的逃回營去。

哪吒追在後頭，大叫：「張桂芳前來應戰。」

張桂芳提鎗出營：「踏風火輪的人可是哪吒？」

「正是。」

「你打傷我的先鋒官風林，你可認罪？」

「要我認罪，得先打下我。」哪吒答完，大喝一聲：「聽說你能呼名落馬，我特地前來見識。」

「哪吒接招。」張桂芳一鎗打來，哪吒急急接住，兩人大打出手三十幾回合。哪吒的鎗法是太乙真人傳授，比張桂芳還厲害，張桂芳不能取勝，便開口大叫：

封神演義

「哪吒不下輪來，更待何時？」

哪吒是蓮花化身、靈珠子再世，並非平凡血肉之軀，也無三魂七魄，張桂芳叫出哪吒的名字之後，哪吒仍安穩站在輪上。張桂芳大驚：「口訣為何不靈？」

張桂芳再連喊兩次，哪吒仍穩如泰山，「你的妖術失靈了，換你吃我一圈。」

哪吒的乾坤圈一扔過來，張桂芳左肩一陣劇痛，落荒而逃。

哪吒雖然得勝回營，但姜子牙想到往後不知還有多少紂王的兵馬會前來討戰，心裡十分憂愁，決定走一趟崑崙山，請教恩師因應對策。

姜子牙進宮朝見武王，說明回崑崙山的計畫。武王交代：「如今陛下大軍兵臨城下，西岐百姓處境非常危險，相父要快去快回，勿使我掛念。」

姜子牙回答：「老臣上山，多則三天，少則兩天便回。」

武王應允之後，姜子牙回營，交代哪吒及武吉：「你兩人要好好守城，不必應戰廝殺，等我回來再作打算。」

兩名大將接令之後，姜子牙便回崑崙山。

# 子牙回山

　　崑崙山上，景物依舊，只是山更蒼、水更綠，樹木更加青翠茁壯。

　　姜子牙心中感慨萬千。「離開崑崙山，轉眼已十年了。」

　　姜子牙來到玉虛宮，拜見元始天尊：「弟子向恩師請安來了。」

　　元始天尊回答：「你今日回來正好，我叫南極仙翁拿封神榜給你，你可在岐山上建造一個封神臺，以便暫時容納即將接受封神成仙的魂魄，並在臺上掛上封神榜，把你此生的重要任務完成。」

　　姜子牙跪拜在地：「弟子領命。但眼前弟子遇到一個對手張桂芳，他以邪術來征伐西岐，弟子道術微弱，無法制伏，特地回山向恩師請教。」

　　「你身為丞相，百事繁重，我只是一個山中老人，怎麼管得了你的紅塵雜事？西岐出聖主，自然會有仁德能人前來相助，不必驚惶。」

姜子牙面露羞愧，不敢再說。

元始天尊見姜子牙神色不安，心裡不忍，便說：「我把我的坐騎四不相贈送給你，你可以騎著牠去找三山五嶽的道友。另外再送你一條木鞭，這鞭上有二十一節、八十四道符印，稱為打神鞭，可助你衝鋒陷陣。」

「多謝恩師。」

元始天尊又說：「你這回下山，不管聽到誰叫喚你，都不可回答他，只要一回答，就會有三十六路兵馬前來征伐你。還有東海有一個人在等你，此人日後可幫助你建造封神臺，你快去尋找他吧！」

姜子牙退出玉虛宮，南極仙翁等在宮外，捧著封神榜交給姜子牙。姜子牙接過封神榜單，不免擔憂：「『封神』一事，任重道遠，子牙戒慎恐懼，就怕有辱師門。」

南極仙翁安慰他：「凡間事，一切都有定數，不必煩惱。只是下山時有人叫你，不可回答，切記！」

姜子牙捧著封神榜一路下山，果然不斷傳來呼喚的叫聲。「姜尚！」

姜子牙心想：「當真有人叫喚，不可回應！」

後邊又叫：「姜丞相！」

姜子牙謹遵師命，不敢回頭。

後頭再叫：「子牙公！」

姜子牙仍是不理。

「姜尚！你太絕情了。當上西岐丞相，就忘了同在玉虛宮學道四十年的師弟，連叫你幾聲，應也不應。」

姜子牙聽了，只得回頭，一看，原來是同門學道的師弟申公豹。「師弟，不知是你叫我，恩師告訴我，下山時有人叫喚都不可回應，所以不敢回頭。得罪了。」

「師兄，你手中拿的是什麼？」申公豹問。

「是封神榜。」

「封神榜有何用？」

「商紂王朝即將滅亡，周室將取而代之，這個時刻，犯戒的神仙都下凡塵，成了戰場上的亡魂，師父囑咐我負責這三百六十五位神仙的封神大事。」

申公豹聽了滿肚子怨氣，心想：「師父果然比較看重師兄！」他藏起自己的怒氣，對姜子牙說：「師兄，你說商王朝即將滅亡，我不信！我偏要下山輔助紂王。

如今，你扶助哪邊？」

「師弟，你問這是什麼話？」姜子牙笑答：「我身為西岐丞相，當然是保周室。」

申公豹不以為然：「我要保商紂王朝。你若堅持要保周室，我和你就是敵人。」

「師弟，你這話就說錯了。商紂暴虐無道，武王乃仁德明君，天下諸侯都心向西岐，更何況師父派我下山保周室，師父的命令怎麼可以違背？」

「師兄，你和我一同去保紂王天下，不是很好嗎？師父在山上修道，已經不管世事了。」

「要我協助暴君是不可能的。」姜子牙轉身就要走，「師弟不要再說了。」

「姜尚！」申公豹怒喝：「憑你四十年的修道，只會移山倒海，有多大能耐保周？你比得過我嗎？我可以把頭取下來，往空中一擲，遍遊五湖四海，埋於土中，再放回頸上，依然活命，還能講話。你比得上我嗎？我看你還是把封神榜燒了，隨我護紂王天下，我保你將來也能當個丞相。」

「頭是人體元神之主，割下來哪能再活命？」姜子牙勸申公豹，「師弟，你應修道走正途才是，別再玩弄幻術了。」

申公豹不理會姜子牙勸言，只見他割下頭顱，往

空中一拋，頭顱果然如風箏般，飄飄遠去。

忽然，一隻白鶴啣走申公豹的頭。

「白鶴！你怎麼把我師弟的頭叼去了？」姜子牙才出口，手臂便被扯住。回頭一看，原來是南極仙翁。

「師父提醒你一路下山時不要應人，你為何要應他？」南極仙翁說，「我叫白鶴童子把他的頭啣到南海去，不到半天，申公豹就會死了。」

「師兄，別和師弟計較，饒了他一命吧！」

「你饒了他，他可不會饒你，到時候他說動三十六路人馬來征伐你，你可別後悔。」

「師兄弟一場，饒了師弟吧！三十六路人馬的災難，我承擔下來便是。」

南極仙翁把手一招，白鶴啣來頭顱，往下一丟，落在申公豹身上。

「你這孽障，竟敢用幻術行騙。真該抓你回玉虛宮見師父才對。」南極仙翁怒斥，「還不回去請罪！」

「可惡的姜尚，害我被師兄辱罵。將來，我一定會讓西岐血流成河，白骨成山。」申公豹心中大罵，口裡卻不敢出聲，倉皇逃離，投效紂王去了。

姜子牙見申公豹離去，便拜別南極仙翁，一路直奔東海。

封神演義

姜子牙來到東海的海濱山巔，只見眼前一陣風起

浪湧，白浪滔天，非常嚇人。忽然間，白浪裂開，現出一個赤裸裸的人身，對著姜子牙拜：「大仙，我的遊魂在海中數千年，無法超脫，乞求大仙伸出援手，助我脫離苦海。」

姜子牙想起恩師的話，莫非等待自己的人，就是眼前的水中漢子？姜子牙問：「你是什麼人？」

「我是軒轅黃帝總兵官柏鑑。大破蚩尤時，被火器打落海中，千年不能逃離苦海，只等大仙伸援手救命。」

「柏鑑，你願意跟我前往西岐建造封神臺嗎？」
「柏鑑願意。」

姜子牙朝海水一伸手，柏鑑從海浪中凌空飛起，回到陸地，隨著姜子牙，一路奔往西岐。

# 凍山祭臺

　　姜子牙回城，拜見過武王之後，便命令柏鑑在岐山開始起造封神臺。

　　隔日，姜子牙的師兄文殊廣法天尊的徒弟金吒，帶著擒敵寶物遁龍樁前來助陣。隔一日，姜子牙的師兄普賢真人也奉元始天尊之命，派遣徒弟木吒帶著斬將利器吳鉤劍來到西岐。又一日，李靖也來到周營助陣。李靖、金吒、木吒、哪吒父子四人在姜子牙營地團聚，一同為周室效力。

　　周營士氣如虹。姜子牙趁勢夜襲紂營，救回南宮适。

　　姜子牙心裡十分歡喜：「恩師日前才說，自然會有仁德能人前來相助。原來，他老人家早已有所安排。」

　　商紂的大軍駐紮西岐已久，等得不耐煩，張桂芳帶著先鋒風林又來叫陣。

　　姜子牙騎著四不相，領著金吒、木吒、哪吒、武吉等大將出戰。

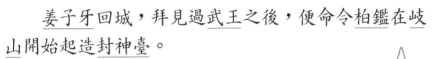

　　兩軍從清晨殺到中午，金吒的遁龍樁往風林頭上一拋，鎮住了風林，遁龍樁瞬間化成三圈繩索，往風林頭上一圈，腰上一圈，足下一圈，三圈緊緊縛住，動彈不得，黃飛虎的四子黃天祥見機不可失，一鎗挑死風林；張桂芳在哪吒及眾將的追逼之下，走投無路，悲切大叫：「紂王陛下，臣無法殺敵，只好一死報國。」

　　張桂芳轉鎗自刺，跌下戰馬，一縷魂魄飄往建造中的封神臺去了。

　　紂營主將一死，兵馬大亂，有的降了西岐，有的逃回朝歌。

　　聞太師收到敗兵戰報，憂心忡忡。

　　「有誰願意為國出征？」聞太師問眾武將。

　　「末將願往。」滿頭白髮的魯雄自願。

　　「老將軍年紀大了，恐怕不妥。」

　　魯雄笑答：「張桂芳靠邪術，不是作戰的正道。作戰要取勝，天時最重要，地利其次，人和是最後的決勝關鍵。末將出征，絕不躁進，一出手，必定成功。如果太師不放心，可以再添兩個參軍協助。」

　　「費仲、尤渾二人向來機巧，就由二人擔任魯將軍的參軍。」

費仲聽令，嚇得魂飛魄散，結結巴巴乞求：「太師在上，費仲是一個文官，從未上過戰場，恐怕能力不足，有誤軍機。」

　　尤渾也是嚇出全身冷汗：「求太師明察，小官膽怯無見識，恐怕不能退敵。」

　　「你二人擅於隨機應變。兩軍交戰，最需要這類人才。目前戰事頻仍，人人都應為國盡力。二位別再推託，惹人笑話。」聞太師宣布，「魯雄任征西大將軍，費仲、尤渾為參軍，帶五萬兵馬，即日出發。」

　　此時正是夏末秋初，天氣悶熱，大隊兵馬揮汗前進，個個汗如雨下，人人喘息不停。辛苦多日，終於來到岐山下，魯雄傳令，軍隊紮營樹下，以避酷暑。

　　姜子牙知道又有大軍來征，也不慌張，只是交代武吉與南宮适：「岐山的封神臺已造好，正等著武王祭臺。你倆帶兵到岐山上紮營，不要讓魯雄的兵馬破壞。」二人領命前往。

　　武吉和南宮适帶兵在岐山上駐紮，正值火傘高張的午後時分，岐山山頂並無遮蔽，周營軍士人人張口喘氣，個個心有怨言。

　　魯雄兵馬得知，都在樹蔭下大笑：「天氣酷熱，在

山頂紮營，不出三天必定熱死，哪能與我們對陣呢？」
因此軍心鬆懈。

隔日，姜子牙又帶三千人馬與武吉、南宮适會合，
發給每個軍士一件棉襖、一頂斗笠，並下令在營後搭
建三尺高的土臺。

「我們都快熱死了，穿上棉襖死得更快，何必戰
死沙場？」周兵不敢違抗命令，雖是抱怨也只好照辦。

土臺建好，姜子牙站上土臺，向東往崑崙山一拜
再拜，接著口唸咒語，手舞長劍，潑灑符水。突然間，
烏雲蔽日，狂風大作，喀啦啦樹枝摧折，淅瀝瀝雨滴
落下。軍士們開始感覺涼爽舒適，過了半天，風停雨
止，天空卻開始飄下密密麻麻的雪花，岐山一夕之間
成了銀色世界。山上的周軍人人穿著暖和的棉襖，尚
可禦寒；而山下商紂的軍隊只穿單衣鐵甲，哆嗦不停，
全都凍僵了。

大雪持續兩日，姜子牙再度登上土臺作法，只見
烏雲瞬間退去，太陽再度高掛天空，冰雪化為河水，
往山凹處退去。

「帶二十名刀斧手往紂營，把將領捉來。」姜子
牙一聲令下，武吉、南宮适帶著刀斧手來到紂營，只
見四處死的死凍的凍，魯雄、費仲、尤渾已呈半昏迷
狀態，刀斧手輕而易舉拿下三人。商紂的軍士大半都

封神演義

凍死在岐山下，未凍死的也都逃回關內去了。周軍不費力氣贏得此戰，而祭臺之事也得以如期舉行。

　　姜子牙請來武王，恭敬的對武王說：「請大王親自祭祀岐山。」

　　「祭祀山川為百姓祈福，是應該的！」武王一臉肅穆，拈香祭拜，低頭默唸禱詞。

　　姜子牙在一旁暗暗傳令：「斬完獻上來。」

　　武王禱詞唸完，一抬頭，桌上不知何時送上三個首級，武王大驚失色：「相父，祭山為何要斬人頭？」

　　姜子牙回答：「這是商紂王朝的魯雄、費仲、尤渾。」

　　「雖是奸臣，斬之不忍。」武王宅心仁厚，僅是心裡默想，不發一語，祭祀完畢便回到西岐宮中。

封神演義

# 太師親征

另一方面，坐鎮朝歌的聞太師接獲戰報：「竇榮在遊魂關大勝東伯侯。」

一會兒，又來戰報：「鄧九公與女兒鄧嬋玉連勝南伯侯。」聞太師大喜。

忽然，氾水關傳來噩耗：「征西大將全軍覆沒。」

聞太師怒目圓睜，拍案大罵：「這姜尚有何能耐，竟能挫殺朝廷大將！如今東、南二地已平定，我必親征，逮捕姜尚、黃飛虎回朝廷，才能洩我心頭之恨。」

黃道吉日，聞太師祭祀軍旗，跨上墨麒麟，就要出發。不料，那墨麒麟太久不曾出戰，安逸慣了，被聞太師一跨坐，嚇得跳了起來，把聞太師摔到地上。

送行的百官個個驚駭，搶著把太師扶起來。下大夫王燮勸告：「太師今日出兵，卻跌下地來，恐怕是個不祥預兆，不如換別的將軍出征。」

聞太師面紅耳赤：「王大夫這話錯了。將士上陣必有死傷，何必懼怕？這座騎太久沒騎，缺少演練，過

幾日就恢復常態了。不必迷信！」

　　聞太師說完，再次跨上墨麒麟，向西出發。

　　大隊兵馬苦行數日，來到一座山嶺，嶺上豎了一個巨石，刻著三字「絕龍嶺」。聞太師坐在墨麒麟上，一臉驚恐。

　　吉立問：「師父為何停止不前？」

　　聞太師回答：「我上山學藝五十年，下山前，我問師父前途如何，師父回我：『你一生不能遇到「絕」字。』如今看到石上刻有『絕』字，心裡不免猶疑。」

　　吉立笑答：「師父一世英明，豈可迷信於一個字？吉人自有天相，師父出馬，西岐必敗。」

　　聞太師笑而不語，大軍繼續前進，來到西岐南門外，駐營下戰書。

　　姜子牙接下戰書，約好三日之後開戰。

　　隔天，又陸續來了玉鼎真人門下楊戩，和黃飛虎的長子黃天化二人為周營效力。姜子牙得到二員猛將助陣，信心大增。黃飛虎父子在周營團聚，尤其歡喜。

　　三日一過，姜子牙騎著四不相出戰，金吒、木吒、哪吒、武吉、楊戩、黃飛虎、黃天化等人一同助陣，軍威壯盛。

封神演義

　　紂營也不遑多讓，聞太師騎著墨麒麟，部下、徒弟排列兩側，軍容浩大，非常威風。

聞太師一看到姜子牙便開口大罵：
「姜尚，你不尊敬國君，自立武王，欺君
之罪早該問斬；收納叛將黃飛虎，與朝
廷對立，是第二死罪。」

　　姜子牙笑答：「君王無道，危害
天下，臣子投效外國，這是常理。
太師不明是非，助紂為虐，是不智
之舉。不如投效西岐，共享太平。」

　　「姜尚，你還嘴硬不肯認罪，我們無話可談。看
鞭！」聞太師舉起雌雄鞭，就往姜子牙打來，姜子牙
沒有防備，被一鞭打下四不相，眼看聞太師一鞭又來，
幸好哪吒及時趕到，救起姜子牙，隨後趕到的周營將
士一擁而上，把聞太師團團圍住。聞太師的鞭法變換
快速，忽用雌鞭，忽用雄鞭，打得周營大將個個遍體
鱗傷，姜子牙只能趕緊收兵，退回城中，研擬對策。

　　過了兩日，兩軍再度對陣，姜子牙左有楊戩，右
有哪吒，三人一同出戰。聞太師的墨麒麟才剛就定位，
姜子牙取得先機，揮著打神鞭朝聞太師攻來。聞太師
一鞭隔開，但墨麒麟身子高大笨重，他的鞭子只能
朝下打，施展不開來；而四不相個子較瘦小伶俐，
靈活轉動，姜子牙的

打神鞭忽而朝上，忽而朝下，忽而在左，忽而在右，打得聞太師手忙腳亂。聞太師一個閃神，雌雄鞭被打成兩段。姜子牙再揮鞭，聞太師側身一閃；哪吒、楊戩用鎗一挑，聞太師重心不穩，跌下墨麒麟。聞太師見苗頭不對，趕緊鑽進土中逃走了。

聞太師回到營中，悶悶不樂。「我從未戰敗，想不到今日竟敗在姜尚手中，實在可恨！」

吉立一旁勸慰：「師父不必憂慮，三山五嶽之中，道友無數，只需請一兩位來幫忙，即可贏過姜尚，一舉滅周。」

聞太師覺得有理，靜下心來一想，想到了金鰲島的姚天君有落人魂魄的法力，便囑咐吉立：「你好好看守軍隊，不可出戰，我去請救兵，兩日便回。」

# 落魂惡陣

　　聞太師陣營掛上免戰牌，姜子牙在城內等了兩日，夜裡忽然聽到紂營震天歡呼，知道聞太師搬救兵回來了。但聞太師的免戰牌仍未取下，姜子牙又等了幾日，不知為何，原本旺盛的精力竟漸漸衰弱。又過了幾日，姜子牙開始心煩意躁，坐立難安。再過兩日，姜子牙整日臥床，開始昏睡。

　　「莫非丞相染了重疾？」眾將個個詫異，憂心不已。

　　姜子牙臥床二十日之後，竟沒了氣息，一縷幽魂一陣煙似的離開了軀體。

　　武王聽到姜子牙的死訊，萬分悲傷的來到相府，站在姜子牙床畔痛哭，「相父一生為國，未享富貴便已魂歸天國，叫我於心何忍？」

　　眾人淚如雨下。楊戩含淚為姜子牙換壽衣，摸到胸口時，忽然歡喜大叫：「大王，師叔心口仍然溫熱，或許還有生機。」武王大喜，吩咐眾人好好看顧姜子牙的軀體，不得損傷。

這時，姜子牙的魂魄飄飄蕩蕩來到封神臺。看守封神臺的柏鑑一看，知道姜子牙不該死，伸手一推，將他推離封神臺。姜子牙的魂魄被一股力量吸引，來到他魂牽夢縈的崑崙山。

南極仙翁看到姜子牙魂魄歸來，一把裝入葫蘆中，交給師兄赤精子。赤精子帶著姜子牙的魂魄來到西岐，倒在姜子牙身上，但姜子牙仍閉目不醒。

赤精子覺得事有蹊蹺，出城觀看天象，見到紂營黑氣衝天。「莫非其中有詐？」赤精子駕起兩朵白蓮，飛往紂營上空，看到紂營中黑霧籠罩，赤精子略施法術，黑霧往兩旁散開露出一個口，只見聞太師邀來助陣的姚天君披髮舞劍，朝著一個草人直拜。赤精子一看，那草人頭上點的一盞燈，昏昏慘慘即將滅去，而身上寫著「姜尚」。

「原來子牙的魂魄是被他給拜去的。」赤精子忙將白蓮降下，想要去搶草人，卻被姚天君發現，他抓起一把香灰往赤精子撒去，慌得赤精子腳下白蓮落入落魂陣中，連人也差點掉了進去，只好急忙遁逃。

赤精子趕忙回到崑崙山求救。元始天尊說：「我雖掌管闡教，但也沒有辦法破陣。你可往八景宮去見大師伯老子，他會有辦法助你。」

赤精子駕雲來到八景宮說明來意。老子交給赤精

子一幅太極圖說：「這太極圖可以劈地開天，化成地水火風，你踏著太極圖騰空飛行，就可以救回子牙魂魄。」

赤精子回到周營，等到半夜，駕著太極圖來到落魂陣上方，看到姚天君仍在拜著草人，伸手就往草人抓去。

「赤精子，你又來搶我的草人。」姚天君往上撒一把香灰，但赤精子有太極圖的保護，香灰完全起不了功用。

赤精子搶到草人，拿出能取人性命的陰陽鏡，往姚天君一照，姚天君便跌下高臺，赤精子趁機提劍取下姚天君首級。姚天君人頭落地的同時，一股黑煙直竄天際，不久紂營上空的黑霧散去，落魂陣不攻自破。

回到周營，赤精子將葫蘆中的姜子牙魂魄倒在草人身上，床榻上的姜子牙漸漸醒來。「這一覺睡得好沉呀！」姜子牙伸伸懶腰，精神迅速恢復。消息傳出，周營士氣大振。

這時姜子牙的師兄雲中子帶著徒弟雷震子前來助陣，而廣成子也來到周營，讓姜子牙信心大增。

「既然我軍人馬充裕，不如今夜就去劫營，殺他個措手不及。」姜子牙向武王提議，眾人贊同。

武王一聲令下，各就各位。姜子牙指揮大軍劫營，聞太師毫無防備，被打得落荒而逃。

封神演義

聞太師的兵馬在岐山下遇到埋伏等候的雷震子，被雷震子殺得四處奔竄；他們只好轉往佳夢關去討救兵，卻又在半路被等候的廣成子堵住去路。

　　聞太師只好轉往五關，但遇到赤精子擋道，改道青龍關，又被哪吒阻路。

　　聞太師無路可走，最後來到絕龍嶺，雲中子早已等候在嶺上。聞太師往空中一躍，才要駕光而逃，不料雲中子手中的紫金缽像碗一般從上往下一扣，聞太師腦裂漿迸而死，一縷魂魄往封神臺悠悠飄去，殘兵敗將也四處潰逃。

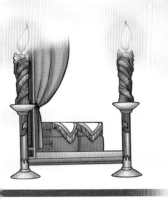

# 九公許親

　　紂王在宮中得到聞太師死訊，無比震驚，立刻傳令征南大將鄧九公出兵征西。

　　鄧九公接到紂王聖旨，整頓軍備，正要出發，陣營裡突然來了個三尺高的矮子土行孫，拿著申公豹的推薦函來投效。

　　「土行孫，你有何能耐？」

　　「我能鑽入土中，日行千里。」

　　「哦？既然是個人才，就留下來吧！」鄧九公看到土行孫其貌不揚，又不便拒絕，只好命令他管理軍糧。

　　鄧九公的軍隊走了一個多月，終於來到西岐城外東門。軍隊駐紮完畢，鄧九公即刻下戰書給周營。

　　姜子牙接到戰書問眾將：「鄧九公這人如何？」

　　黃飛虎回答：「鄧九公前些日子才打敗了南伯侯鄂順，是個將才。」

　　姜子牙笑說：「將才好破，邪術才棘手。三日之後，

我親自來會會鄧九公。」

三日一過，姜子牙帶著黃飛虎父子、李靖父子等人上戰場，鄧九公也領著長子鄧秀及精銳戰士上陣。雙方一開戰，鄧九公便與黃飛虎對戰，黃飛虎鎗法如龍，鄧九公刀法似虎，龍爭虎鬥，打得昏天暗地，不分上下。哪吒得空，暗中過來協助黃飛虎，趁著鄧九公不留意，往他左臂扔來乾坤圈，打得鄧九公皮開筋傷，敗陣而回。

鄧九公回營，疼痛難忍，連夜呻吟。女兒鄧嬋玉聽了難忍心中氣憤，隔日一早就到周營叫戰。哪吒挾著昨日的勝仗餘威出戰。

「你就是昨天打傷我父親的仇人？」鄧嬋玉一見哪吒便問。

「正是。」

「吃我一刀！」鄧嬋玉長刀劈來，哪吒用火尖鎗去擋。雙方過招不過數回合，鄧嬋玉扭頭便走，口中喊著：「我打不過你了。」

哪吒緊追在後，哈哈大笑：「果然是個弱女子。」

鄧嬋玉快馬而逃不過幾十步，忽然勒馬回頭，朝哪吒的臉扔出五光石，正中哪吒鼻頭，疼得他眼冒金星，吃了敗仗回營。

隔日早上，鄧嬋玉又來叫陣，姜子牙問手下：「誰

封神演義

願去？」黃天化自我推薦：「我去。」姜子牙再三囑咐：「應敵務必小心。」

　　黃天化一上戰場，虎虎生風，數招即挫下鄧嬋玉的威風。鄧嬋玉策馬便逃，仍不忘回頭挑釁：「黃天化，你敢追我嗎？」

　　黃天化使勁往前，卻不料一道灰光火速往自己射來，還沒看清是何物，「啪」的一聲，黃天化鼻梁一陣劇痛，疼得他差點兒墜下馬來，只好假裝鎮定，掩面而回。

　　又一天，鄧嬋玉再度叫陣，楊戩應戰，緊急放出哮天犬，連皮帶肉咬了鄧嬋玉脖子一口，鄧嬋玉敗陣回營。

　　鄧九公父女倆接連受傷，掛起免戰牌，留在營中休養。土行孫呈上軍糧帳本時，順道獻上仙藥。鄧九公父女用仙藥在傷處一塗一抹，便全都痊癒了。

　　鄧九公大喜，大擺酒宴招待土行孫。土行孫有感而發：「當初，元帥如果用我當先鋒，今日西岐早已平定。」

　　鄧九公聽了，心想：「土行孫既有仙藥，又敢這樣誇口，想必有些本事。不如用他試試。」於是封土行孫為先鋒官，預定次日出戰哪吒。

　　次日天一亮，哪吒騎在風火輪上迎戰，卻沒有看

封神演義

到對方的主將出現，正詫異時，忽然有一個聲音傳來：
「我是先鋒土行孫，你是誰？」

哪吒循聲往下一看，原來是個矮子。「矮冬瓜，你來這兒做啥？」

「來捉你！」土行孫說完，一根鐵棍朝哪吒打上來，哪吒側身一閃避開。

「就憑你？」哪吒把鎗往下一刺，土行孫脖子一縮躲過。哪吒在輪上，高且壯，土行孫在地上，矮又小，兩人殺得一身是汗，卻都徒勞無功。

土行孫大叫：「哪吒，你高我低，你不好使勁，我也無法用力。不如你下輪來，咱們見個輸贏。」

哪吒想想也對，下了輪來，拿出乾坤圈正要往土行孫打去，卻晚了一步，土行孫早已扔出綑仙繩，把哪吒牢牢綑住，凱旋歸營。

隔天，土行孫再度出戰，又綑回黃天化。鄧九公將黃天化和哪吒一同囚禁在後營，等戰勝回朝，再一

同審問定罪。

土行孫連擒二將，鄧九公十分高興，為土行孫舉行慶功宴，飲酒至半夜，土行孫志得意滿的說：「元帥如果更早就重用我，今日早已把姜尚、姬發一起綁到元帥帳前了。」

鄧九公酒已半醉，聽了大喜，順口就說：「將軍，只要你早日把西岐平定，我便把女兒嬋玉許配給你。」

土行孫聽了，滿心歡喜，隔日天一亮，便到周營叫陣，指名要姜子牙來戰。

封神演義

# 劣徒遭訓

　　西岐城外，兩軍對陣。

　　姜子牙騎著四不相出戰土行孫，不過三四回合，便被土行孫用細仙繩綁住，幸好周營將士眼明手快，及時搶救，才未被土行孫捉到紂營。

　　周營將士用刀割細仙繩，愈割卻愈陷在肉裡，十分古怪。

　　武王見姜子牙模樣，不禁落下淚來：「我有何罪，陛下要不斷征伐西岐？兵士遭殺戮，百姓無寧日，如今，相父也受苦，使我日夜難安。」

　　姜子牙安慰道：「大王無須自責，這是天命，不久便可化解此劫。」

　　眾人束手無策時，玉虛宮白鶴童子駕到，送來一個符印：「這是師父送來讓子牙師兄解開細仙繩用。」白鶴童子用符印往繩頭一放，繩子立刻鬆落下來。

　　同時忽然颳起一陣怪風，吹倒帥旗。姜子牙一卜卦，大叫：「不妙！今夜土行孫要進城行刺，快請大王

移駕相府，眾人弓上弦、刀出鞘，嚴加戒備，不得出錯。」

果然，夜半時分土行孫摸黑來到姜子牙相府，只見相府內燈火通明，軍士個個精神抖擻。土行孫想：「相府戒備森嚴，要捉姜子牙恐怕無機可趁，不如先去摘下武王首級，也是大功一件。」

土行孫地遁來到宮內，只見武王左擁右抱，和妃子歡飲作樂，令土行孫既羨慕又嫉妒。到了深夜，武王已有些醉了，便下令：「眾人各自散去，孤王要歇息了。」

不過片刻，武王已摟著妃子沉沉睡去，發出鼾聲。土行孫見機不可失，趕緊鑽出地面，一刀就要往武王的頭揮去，不料突然被妃子反手一抱，把他逮個正著。原來這是姜子牙安排好給土行孫看的一齣戲，武王不過是個小兵喬裝的，而那妃子正是武功高強的楊戩偽裝的。

楊戩提著土行孫來到殿外，沒想到土行孫用力一扭，楊戩一個失手，土行孫跌到地面，鑽進土裡逃走了。

楊戩無奈，回來稟告姜子牙：「弟子一時失手，土行孫掉到土裡逃走了。為了將功折罪，弟子願前去拜訪師伯懼留孫，請教對付細仙繩的方法。」

姜子牙點頭：「綑仙繩是師兄懼留孫的寶物，為何落入土行孫手中，其中必有原因。你去查明也好，路上小心。」

楊戩來到飛龍洞，拜見懼留孫。「請問師伯的綑仙繩是否還在？」

懼留孫詫異：「為何突然來問這個問題？」

楊戩答：「鄧九公陣營有個土行孫，用綑仙繩捉走了姜師叔門下的大將。所以特地來請教師伯。」

懼留孫大怒：「這個孽徒，竟敢趁我不注意，偷了我的寶物下山。我立刻下山去擒拿惡徒。」

懼留孫到了周營，和姜子牙商量計策之後，姜子牙隨即到紂營指名叫戰土行孫。

「姜尚，上回被你逃走，今天絕對要捉你到手。」土行孫一見姜子牙，立刻拋出綑仙繩，不料綑仙繩卻突然在空中失去了蹤影。

「孽徒！」空中傳來嚴厲的責備聲。土行孫大驚，抬頭一望，看到懼留孫手拿綑仙繩，腳踏祥雲緩緩降臨。

土行孫鑽地就要逃，懼留孫把綑仙繩一拋，就把土行孫五花大綁，提回周營。

懼留孫大罵：「我不曾查點寶物，沒想到綑仙繩就被你給偷下山了，說，是誰唆使你做這壞事？」

土行孫跪地回答：「有天弟子四處閒玩，有一個闡教門人申公豹，他說弟子不能成仙卻可成就人間富貴，遊說弟子帶著細仙繩往鄧九公帳營投靠。弟子起了貪念，誤信申公豹的話，才會犯下大錯。請師尊恕罪！」

姜子牙生氣的說：「土行孫濫用師兄教授的法術、細仙繩，不但捉拿我營大將，甚至企圖進宮行刺武王，罪大惡極，依法當斬。」

土行孫趕緊跪行到懼留孫面前求情：「師父救命！弟子因為屢次出戰建功，鄧九公答應，只要我協助打下西岐，就要招我為婿，弟子一時鬼迷心竅，才會犯下大錯。師父救救我！」

土行孫是懼留孫的愛徒，縱有千般不是，懼留孫心底仍是不忍，他低頭默算一回，嘆了一口氣：「子牙，我方才掐指一算，這孽徒和鄧九公的女兒有一段前世定下的姻緣，若能幫助我這孽徒完成這樁美事，那女子便會歸順西岐，而她父親不久也將俯首稱臣。西岐若能得此二人，如虎添翼。還請師弟高抬貴手，促成美事。」

封神演義

姜子牙沉思了一會兒，點頭說道：「既然如此，就留他一命。」接著說：「我想，派最有智慧的散宜生前去提親，必能成功。」

# 九公歸周

　　有散宜生當說客，鄧九公果然答應婚事，但要姜子牙釋放土行孫，並親自帶厚禮上門提親才行。

　　散宜生回營稟告姜子牙，姜子牙哈哈大笑：「鄧九公這小伎倆，怎麼騙得過我？」

　　姜子牙事先安排金吒、木吒、雷震子、南宮适等大將埋伏在紂營外，等待命令突襲；又令楊戩施法變小身子，藏在身上，並挑選精壯將士五十人扮成挑夫，暗帶武器隨同。

　　姜子牙依約帶著厚禮前往紂營，還不忘提醒土行孫：「一聽炮響，你就到後營搶回鄧嬋玉。」一到紂營，雖見張燈結彩，喜氣洋洋，但不難發現周遭騰騰殺氣，姜子牙決定先下手為強，他朝地上扔出暗藏的響炮，炮聲一響，挑夫拔出預藏的武器作戰，營外埋伏的軍隊也殺進營來，土行孫趁著四下慌亂，衝進後營，朝著鄧嬋玉拋出細

仙繩，綁了鄧嬋玉就跑。

　　鄧九公軍隊腹背受敵，兵士四散，只得往東逃竄，逃了五十里才擺脫周營將士的追擊。鄧九公查兵點將，才發現鄧嬋玉不見了，無限焦急，派人四處打探消息。鄧嬋玉被土行孫劫至周營，雖有不甘，但父親曾承諾要將她許配給土行孫之事，已是眾所周知，如今也只能順勢履行與土行孫的婚約了。

　　周營搶親成功，高奏凱歌。姜子牙為了犒賞軍士，提振士氣，全營大擺筵席，既是慶功宴，也是土行孫的喜筵，眾人吃喝慶祝一夜。

　　第二日清晨，土行孫兩夫妻一起來到姜子牙面前請安，姜子牙對鄧嬋玉說：「如今妳已是周營的人，而妳父親鄧九公仍未歸順，不知妳是否願意前往說服？」

　　鄧嬋玉褪去戰場上的剽悍，默默點頭答應。

　　姜子牙撥一隊兵士保護鄧嬋玉前往紂營，鄧嬋玉見到鄧九公，雙膝一軟跪拜父親，哽咽哭泣。

　　鄧九公心疼說：「讓妳受委屈了！」

　　鄧嬋玉回答：「父親酒後失言，將我許配給土行孫，才會引得姜尚帶兵搶親，如今女兒和土行孫成了真實夫妻，竟與您成了敵人。」想到這兒，鄧嬋玉的淚就像斷線的珍珠，不停落下。

　　鄧九公懊惱不已：「唉！這都怪我……」

鄧嬋玉說：「女兒婚事是父親親口許配，天下人皆知，父親一旦回朝，陛下必定追究，鄧家恐怕難逃滅門之禍。」

鄧九公聽完面露憂慮，低頭沉思。

見父親立場有些動搖，鄧嬋玉繼續說：「父親，紂王無道，而周王仁愛有德，如今諸侯遍地反叛，天下三分之二已歸周，周興商亡是天意。不如，父親與女兒一同歸周，不但可保全家人性命，也是順應天意民心，軍士們更可免去一場殺戮戰爭。」

鄧九公苦思許久後回答：「女兒，妳說的有理。更何況妳是我的寶貝，父親怎麼捨得下妳？陛下殘暴失民心，違背天意，單靠我也無法逆轉天下局勢。」

鄧九公點頭，隨鄧嬋玉歸順了周營。

姜子牙知道鄧嬋玉遊說成功，親自出城迎接鄧九公，不費一兵一卒便平息了戰事。

封神演義

# 殷洪命絕

紂王失去大將鄧九公，頗不甘心，再下旨冀州侯蘇護帶兵西征。

在此同時，白鶴童子帶著元始天尊的信到太華山雲霄洞，交給赤精子。

赤精子讀完信，回覆白鶴童子：「請轉告恩師，子牙拜將之日，我會遵囑前往。」

白鶴童子離去之後，赤精子便對徒弟殷洪說：「徒弟，你並非能夠修道成仙的人，當年我在紂王斬你之前，用一陣風救你回山，也是不忍父親殺兒子的人間悲劇發生。如今武王是仁聖之君，得到天意授領天下，你姜師叔即將被封為將領，並帶兵東征，大會天下諸侯，輔佐武王登基，建立周室大業。你可下山去助你姜師叔一臂之力。但恐有一事令你為難。」

「請師父教誨。」

「你是紂王的親生兒子，為師擔心你不肯輔佐周室。」

殷洪聽了，氣得睜大雙眼：「弟子與紂王雖是血親，但與妲己有百世不解之仇，他聽信妲己讒言挖了我母親雙眼，又將我母親炮烙至死，如此血海深仇，弟子永遠不會忘記。」

「你這個念頭要牢記，千萬不可忘了。」赤精子拿出紫綬仙衣、陰陽鏡、水火鋒交給殷洪，「紫綬仙衣可以助你逃離刀劍之災；陰陽鏡半邊紅半邊白，紅的一晃是生路，白的一晃是死路，可作為制敵利器；而水火鋒隨身攜帶，可以保護身體。這些寶物都給你帶下山去吧！」

殷洪拜別恩師，轉身要走，赤精子突然猶豫：「我為了協助子牙，把所有寶貝都交給殷洪帶去，但他畢竟是紂王親生兒子，如果中途改變心志，反倒麻煩。」

「殷洪，你回來一下。」赤精子忙叫。

「恩師還有事交代？」

「殷洪，我把所有寶貝都交給你了，你千萬不可忘了為師的話。」

「弟子如果沒有恩師相救，早已命喪黃泉了，哪還有今日？如果我違背師命，就讓我全身化為灰粉，四處飄飛。」殷洪想都不想便發了個毒誓。

封神演義

赤精子這才放心的說：「你去吧！」

殷洪下山往西岐方向走了數日，這天，在山路上遇到一個騎虎的道人，阻住了去路。

「世子，你下山要往哪兒去？」

「你是誰？」

「我和你同樣都是玉虛宮學道弟子，我叫申公豹。」

「原來是師叔。」殷洪對申公豹行了個禮，「小徒奉師命要前往西岐，協助武王伐紂。」

「你是紂王親生子，天底下哪有兒子討伐父親之理？」

「紂王無道，天下人皆反叛，我不過是順應天理罷了。」

申公豹說：「你這話就錯了，紂王去世之後，你是繼承者，你不以國家為重，反而誤聽他人荒謬的言論，把大好江山拱手送人，將來於九泉之下，哪有臉去見商室的祖先呢？」

殷洪露出猶豫的臉色，問：「那我該如何才好？」

「現在冀州侯蘇護奉命征伐西岐，你可以到他的陣營去協助他。」

「蘇護的女兒妲己害死我的母親，我怎麼可能跟仇人之父同處一室？你別再說了。」殷洪說完，扭頭

便走。

申公豹在背後卻不放棄遊說：「想成就大業的人，就必須以大局為重，一旦你登上了大位，妲己就任你宰割了。」

殷洪停住腳步，心想：「師叔說的有理，只要我得到江山，還愁報不了母仇嗎？」

殷洪當下決定，前往蘇護陣營，共同伐周，先保下商室江山，再謀得王位。他轉身向申公豹道謝：「多謝師叔指點。」

殷洪辭別申公豹，來到蘇護陣營。蘇護見殷洪前來，只好暫時交出帥權，交由殷洪全權作主。

隔天，殷洪身穿紫綬仙衣，手拿陰陽鏡，隨身帶著水火鋒，領軍到周營前叫陣。出戰的是黃飛虎父子五人，殷洪拿出陰陽鏡一照，黃家父子全都跌下馬來，吃了敗仗回營。

隔日，殷洪再度叫陣，姜子牙親率哪吒、楊戩、鄧嬋玉出戰，兩軍對陣，殺聲震天，姜子牙的打神鞭落在殷洪身上，卻毫無作用，姜子牙一驚，回頭就走。殷洪哪肯放過，緊追而來，迎面遇上趕來助陣的哪吒。哪吒拋出乾坤圈，殷洪打不過，拿出陰陽鏡對哪吒晃了晃，但哪吒是蓮花化身，不是血肉之軀，陰陽鏡對他起不了作用。殷洪詫異一愣，疏忽防備，鄧嬋玉捉

封神演義

130

到機會，突然一石打來，<u>殷洪</u>被五光石打得鼻青臉腫，敗仗而退。

<u>姜子牙</u>回到營中，滿腹疑惑：「陰陽鏡是師兄<u>赤精子</u>的寶物，為何會在<u>殷洪</u>手裡？今天若不是<u>哪吒</u>上陣，不知還要折損多少大將？<u>楊戩</u>，你去<u>太華山</u>，假意向<u>赤精子</u>借陰陽鏡，查清楚到底是怎麼回事。」

<u>楊戩</u>依命來到<u>太華山</u>，一見<u>赤精子</u>便開門見山說明來意：「弟子來借陰陽鏡，協助<u>姜</u>師叔伐<u>紂</u>。」

<u>赤精子</u>大驚：「我把所有的寶貝都交給徒弟<u>殷洪</u>帶下山去幫助<u>姜子牙</u>了，難道他沒去？」

<u>楊戩</u>回答：「<u>殷洪</u>已投靠<u>紂</u>營，前來討伐<u>西岐</u>。」

<u>赤精子</u>頓腳：「我真是看錯人了。這孽徒，等我借來太極圖，再下山收拾他。」

隔日，<u>赤精子</u>到<u>紂</u>營前呼叫：「<u>殷洪</u>，出來見我！」

<u>殷洪</u>聽到叫陣的聲音，騎馬上陣，見到<u>赤精子</u>，想起下山前師父的交代，不禁羞得面紅耳赤。

「<u>殷洪</u>，你下山前是如何跟我發誓的？」<u>赤精子</u>怒罵：「快下馬跟我去請罪，或許還有活路。」

<u>殷洪</u>答：「師父，請容弟子說一句話。弟子是<u>紂</u>王

的親生子，自古以來，哪有父子相殘的道理？師父要徒弟違逆常倫的做法，實在有欠妥當。」

赤精子說：「紂王無道，天怒人怨，武王承接天命，即將統領天下。你如果幫助周營，還可延續家族一脈。」

殷洪說：「師父請回吧！殷洪再愚笨，也不會把自家江山拱手送給外人。」

「你這畜生，竟敢違背誓言。」赤精子大怒，一劍往殷洪砍去，殷洪自知功力不如師父，立刻拿出陰陽鏡來對付赤精子。赤精子沒想到殷洪竟不顧師徒情分，要以陰陽鏡取他性命，赤精子只好含淚抖開太極圖：「畜生，這是你咎由自取，不要怪師父。」

太極圖隨即幻化成一座金橋，殷洪騎馬上了金橋之後，突然神志不清，四肢瘓軟無力，癱在地上。赤精子把太極圖一捲，過一會兒，再用力一抖，太極圖瞬間攤開，揚起一陣煙塵。殷洪已化成飛灰，魂魄悠悠飄往封神臺去了。

殷洪一死，紂營眾人見太極圖如此厲害，紛紛投降。

# 殷郊被鋤

　　姜子牙再度收服紂王大將，離帶兵東征的日子又更近了。

　　元始天尊派白鶴童子送信到九仙山桃園洞，廣成子讀了來信，對白鶴童子交代：「請轉告恩師，姜子牙東征之日，我一定會遵囑前往。」

　　白鶴童子回去之後，廣成子便叫來徒弟殷郊：「當年我把你救上山來，是希望你能夠有所作為。沒多久武王即將東征，與天下諸侯大會合，你下山去協助你姜師叔，一則可以見到家鄉故土，再則可以捉拿妲己報殺母之仇。你可願意？」

　　「感謝師父大恩。弟子願意。」

　　廣成子把番天印、落魂鐘、雌雄劍交給殷郊，吩咐道：「為師把所有寶物都交給你了，希望你能順天命、盡人事，你可不能中途改變心志，做出違背師命的事。」

　　殷郊信誓旦旦的說：「殷郊如果中途變節，必受犁鋤之刑。」

廣成子放心的說：「很好，你下山去吧！」

殷郊下山途中，遇到申公豹。

「我是崑崙山玉虛宮門下修道人申公豹。世子要往何處去？」

「原來是師叔。」殷郊行過禮之後回答，「我奉恩師之命下山協助武王東征。」

「紂王是你親父，你怎能滅自己父親王朝，將天下拱手給他人？」

殷郊無奈回答：「這是天命，無法違抗，武王、姜師叔都是有德之人，我理當去幫助他們。」

「你說姜尚是個有德之人，我看倒未必。殷洪殿下被姜尚設計，已遭受太極圖摧殘，化為粉末。若是有德之人會做這種事？」

「這事可是真的？」殷郊既驚且怒。

「千真萬確。」

「不可能。」殷郊強壓下悲傷的情緒，「恩師既然要我下山助姜師叔，一定有他的道理。你別胡說。」

申公豹又說：「現在，張山將軍奉聖旨征討西岐，你可去張山陣營詢問，看我說的話是否為真？」

「真又如何？假又如何？」殷郊問。

「如果無此事，你再協助西岐也不遲；倘若為真，便可和張山一起為弟弟報仇。」申公豹勸說。

殷郊半信半疑，一路猶豫，來到張山陣營詢問，張山答：「世子征討西岐，被姜尚用太極圖化作飛灰已多日了。」

　　殷郊放聲大哭，折箭發誓：「我若沒有為弟弟報仇，必如此箭。」

　　隔日，殷郊抱著復仇決心到周營叫戰。哪吒應戰，才幾招就被殷郊用番天印打下輪來；黃飛虎父子前來救哪吒，卻被落魂鐘雙雙搖下座騎。

　　周營吃了大敗仗，姜子牙心裡既憂又怒，吩咐楊戩：「你到桃園洞問問，為何師兄廣成子的落魂鐘、番天印會成為征伐西岐的武器？」

　　楊戩到九仙洞見廣成子。廣成子得知殷郊的事驚叫：「我把所有寶貝都給了這畜生，沒想到他竟違背誓言，我即刻下山捉他問罪。」

　　隔日，廣成子來到殷郊營外叫道：「殷郊，出來見我！」

　　殷郊見到師父，虔敬行禮。

　　「你忘了你的誓言？叫你下山助周，你為何反而討伐西岐？」

　　殷郊落淚回答：「弟子不敢違背天命，只是下山途中遇到申公豹師叔，得知弟弟殷洪被姜尚以太極圖化

封神演義

為煙塵，實在痛心。殷洪和姜尚有何仇恨，他要下如此毒手？」

「這全是殷洪咎由自取，也是天數，怨不得別人。」

「師父怎可說這種話？手足無辜被殺，我怎能坐視不管？我發誓一定要手刃姜尚，為殷洪報仇！」

「你別執迷不悟！難道你忘了自己曾發下的重誓？」

「只要能夠為弟弟報仇，我就是死也甘心。」

「你這孽障！」廣成子大怒，一劍劈來。殷郊用戟架住：「師父，你為了姜尚和弟子反目，實在偏心。」

「這是天數，你若再不悔悟，將會死無葬身之處。」廣成子再一劍劈來。

殷郊氣得滿臉通紅，轉守為攻：「既然師父絕情，也別怪弟子無情。」殷郊拿出番天印，廣成子自知不敵，只好收兵返回周營去了。

廣成子回營，正巧師兄燃燈道人來了。

廣成子問燃燈道人說：「孽徒殷郊投奔敵營，用番天印打傷哪吒，阻撓姜子牙拜將，真是令人煩惱，師兄可有妙法？」

「要對付番天印，必須取得離地焰光旗、青蓮寶色旗、素色聚仙旗，再配合姜子牙的玉虛杏黃旗，四

面八方圍攻，才能制住番天印。」燃燈道人答。

廣成子想：「既然殷郊如此絕情，我也只好忍痛收拾這孽徒，以完成天命。」他即刻動身去借離地焰光旗、青蓮寶色旗與素色聚仙旗。

燃燈道人也請到文殊廣法天尊與赤精子來，分掌青蓮寶色旗與離地焰光旗；又要姜子牙請來武王親持素色聚仙旗，而燃燈道人則拿玉虛杏黃旗。四路人馬駐紮岐山山麓。

姜子牙又派黃飛虎衝大門，鄧九公攻左糧道，南宮适殺右糧道，哪吒、楊戩在左翼，雷震子在右翼，黃天化帶著自家兄弟擊後門，而李靖、金吒、木吒等人主攻第二波。

一切安排妥當，姜子牙下令當夜劫營，擒拿殷郊。

預定的時間一到，黃飛虎帶領一批人馬，戰進紂營大門，黃天化、黃天爵、黃天祿、黃天祥四兄弟從後攻進，把殷郊團團圍住。殷郊和張山等將領還未突圍，鄧九公、哪吒、南宮适、楊戩等人都攻進來了。殷郊拿出番天印打楊戩，楊戩練有八九玄功，番天印

打不下馬來；殷郊又用落魂鐘對哪吒晃了再晃，哪吒穩如泰山騎在風火輪上。殷郊大驚，一個閃神，哪吒見機拋出乾坤圈，卻被殷郊避過，僅砸到落魂鐘。一時間，兩寶物迸出霞光萬道，發出震耳巨響。

張山一慌，被鄧九公劈下馬來，其他將領也都打不過周營勇士，整營軍隊潰敗如決堤，兵士四散。

殷郊從半夜殺到天明，精力已盡，帶著殘兵敗卒往東奔逃，卻見文殊廣法天尊擋在前面。文殊廣法天尊怒斥：「殷郊，你今日要受犁鋤的懲罰。」

殷郊：「弟子要回朝歌，師叔請讓路。」

「你現在若下馬投降，還可免受犁鋤之苦。」

殷郊不聽，使出番天印。文殊廣法天尊立刻搖起青蓮寶色旗，只見一股白氣衝天，頂住番天印落不下來。

殷郊只好收了番天印，往南奔逃，卻見赤精子等在路上。

「殷郊，你違背誓言，難逃一場災難。」

殷郊也不多說，馬上拿出番天印；赤精子搖出離地焰光旗，只見番天印在空中亂滾，落不下來。殷郊只好勒馬往岐山中央奔去，卻見燃燈道人攔路。

「殷郊，你等著接受犁鋤之刑吧！」

殷郊驚慌的問：「師叔，弟子不曾得罪您，何苦相逼？」

「孽障，你對天發的誓，怎敢違背？」燃燈道人一劍劈下，殷郊以戟格開；燃燈道人再劈一劍，殷郊閃過，趕緊用番天印；燃燈道人緊急搖起玉虛杏黃旗，一時之間，天空出現萬朵金蓮托著，番天印落不下來。殷郊只好收起番天印，往西奔逃，卻見武王和姜子牙站在山嶺上探看。

殷郊怒不可遏，大喊：「殺弟仇人姜尚，看招！」

殷郊一劍刺來，姜子牙急忙以劍相迎，殷郊急著取勝，趕緊取出番天印，武王拿出素色聚仙旗，搖了兩下，頓時滿地白煙，香味四飄，番天印又落不下來。

姜子牙趁機使出打神鞭，殷郊只能騎馬往北逃。

四處都是追兵，殷郊無路可走，忽生一計，用番天印朝岐山打去，「砰」的一聲，岐山裂開一條路來，殷郊騎馬入山，直往山頂奔去。燃燈道人見狀，施起法術，雙手用力一合，把被劈開的兩座山頭合而為一，正巧將殷郊的身子夾在山裡，只露出頭在山外。

武王騎馬來到山頂，看見殷郊這個模樣，內心實在不忍，懇求姜子牙：「相父，饒過世子一命吧？」

姜子牙無奈的說：「殷郊違背天命，臣也無能為力。」

武王含淚對眾道人說：「各位道長，請憐念姬發只是小臣，勿讓姬發背負萬世罵名，放了世子吧！」

燃燈道人說：「您不知天數。殷郊違背天命，無法逃脫，您只要盡過君臣大禮便可。」

　　武王見眾人嚴肅堅決的表情，知道事情已無法挽回，只好對殷郊跪拜：「請世子原諒臣的大罪。」武王行過大禮後，忍著悲傷下山。

　　武王才走，姜子牙便一聲令下，殷郊命喪犁下，一道魂魄進了封神臺。

# 子牙拜將

　　姜子牙一步步戰勝了申公豹發動的三十六路人馬，眼見時機成熟，便要帶兵東征。

　　紂王三十五年三月四日，姜子牙上奏：「天子不敬上天，殘害忠良，降禍百姓，如今天下諸侯相約在孟津聚集，將一同奮力解救黎民，臣乞求大王體恤蒼生之苦，擇日出兵，才是國家之福。」

　　武王說：「雖然天子無德，理應征伐，但先王遺言交代：『不可以臣伐君。』一旦出兵，將落入不忠不孝的千古罪名。我們還是留在西岐，一同遵守臣子儀節，勸諫天子改過向善，才是上策。」

　　姜子牙答：「老臣怎敢忘了先王遺言，但天下諸侯控訴天子罪狀，已約定聚會日期，以監督天子施政。若大王不到，恐怕會遭到其他諸侯問罪，老臣不敢誤事，所以冒罪懇請大王出兵。」

　　武王猶豫不語。

　　姜子牙再勸：「當今天子荼毒百姓，天怒人怨，大

王出兵，正可以代天行善，如果固守小忠小孝，不僅得罪諸侯，更是違逆天意，禍及百姓。」

上大夫散宜生也上奏：「丞相所說，全是為國為民的忠言。如今諸侯在孟津聚集，大王如果不出兵相會，必定會被天下諸侯所輕視，並且以為西岐是助紂為虐之地。況且天子聽信讒言，屢次派兵征伐西岐，百姓飽受戰亂之苦，不知何時才能安寧度日？臣請大王出兵與諸侯會合，以監督天子施政，促使天子改過。如此，既可順應天意，又不違背先王遺旨，可說是萬全的決策。請大王深思。」

「上大夫說得有理。」武王聽散宜生一番話，頻頻點頭，「但是不知道要如何籌備出兵的事情？」

散宜生回稟：「依臣的建議，大王可封丞相為大將軍，統領軍務，才能方便行事。」

武王點頭下令：「上大夫，你派人在岐山上搭建將臺，找一個吉日良辰，我要為相父舉行封將大典，以籌備出兵事宜，大會諸侯。」

三月十五日，武王帶領滿朝文武官員齊聚岐山。

姜子牙頭戴金盔，身著戰袍，無限威武，無限英豪。

散宜生引領姜子牙登上金臺，面向南方行禮，由散宜生誦讀祈禱文，祭拜名山大川與天地神明。

武王站在臺下，朝著姜子牙大拜之後，隨即登上金臺，面向南方而坐。姜子牙跪拜：「臣受王命，必定誓死為國，以報知遇之恩。」

武王說：「相父如今擔任大將軍，希望能不負所託，早日到達孟津，大會諸侯，共同監督天子施政，解救庶民脫離暴虐恐懼。」

「老臣遵命。」

完成封將大典，武王回宮，姜子牙則來到岐山南麓。只見玉虛宮的師兄已全員到齊，此時，空中忽然傳出一陣笙樂，原來是元始天尊到來。

元始天尊對姜子牙勉勵：「如今你已是大將軍，不久就可以完成封神大任。」

姜子牙虔敬下跪，問：「弟子愚昧，請恩師明示此行東征的吉凶。」

「一切自有定數，你無須多問。」元始天尊接著對眾弟子說：「你們諸人各持本事，助姜子牙完成任務，不得有誤。」眾人答應，恭送元始天尊離去後，也一一散去。

姜子牙次日進宮上書，請武王御駕同行，武王欣然允諾。

姜子牙帶六十萬兵力，以南宮适、武吉、哪吒、黃天化為先鋒；楊戩、土行孫為督糧官；黃飛虎兄弟為軍政官；鄧九公、鄧嬋玉等降將也各有要職。

　　三月二十四日，吉日良辰，周營大軍出發，西岐百姓夾道歡送，預祝大軍早日凱旋歸來。

# 先鋒喪命

汜水關守將韓榮把姜子牙被封為將領，率兵東來的軍情，飛快的報告朝歌。紂王下旨三山關守將孔宣即刻起兵，阻擋西岐兵馬東進。

周兵紂軍雙方對陣於金雞嶺。

首戰，黃天化斬了紂營前鋒陳庚；再戰，武吉取了敵軍孫合首級；三戰，哪吒大勝高繼能，可惜讓他逃回營去，躲在營區不出來。

姜子牙掐指一算，「申公豹調動三十六路人馬的劫難，如今已滿。而今日每戰皆捷，我軍氣勢高昂，應儘早退敵，以便早日完成任務。」因此決定連夜劫營。

這三山關守將孔宣也非等閒之人，他背後能發青、黃、赤、白、黑五道光華，具有擒敵的神功。這夜，孔宣發覺帳前吹起怪風，他心裡一驚，占卜一算，得知姜子牙當天夜裡將會派兵劫營，立刻擺開陣式埋伏等候。

深夜，哪吒由大門攻入，黃天化殺進左營，雷震

子兵進右營。

孔宣見敵軍前來，不慌不忙從背後射出一道白光，往哪吒照去，哪吒的乾坤圈還沒脫手，就已落下輪來被擒。雷震子見狀，大喝一聲，凌空飛起，要來救哪吒，卻不料孔宣背後的黃光射往雷震子，雷震子也束手就擒了。

黃天化不信邪，騎著玉麒麟奔去，卻遇上高繼能。黃天化甩出流星雙鎚，高繼能使出雙鎗，兩鎚打兩鎗，打得高繼能落荒而逃。黃天化緊追在後，高繼能趕緊打開蜈蚣袋，一瞬間滿天蜈蚣像蜜蜂一樣撲向黃天化。黃天化將雙鎚使得如影如幻，一一擋去。不料玉麒麟的眼睛卻被蜈蚣螫了，痛得慘叫一聲，後蹄站立，前蹄直豎，硬生生把黃天化摔下地來。高繼能轉身補了一鎗，黃天化當場斃命，魂魄飄往封神臺去了。

一連損失多位將領，姜子牙趕緊鳴金收兵。

黃飛虎在營中得知長子戰死，放聲大哭：「兒子呀！你還沒立下大功就已陣亡，我必定為你復仇。」

南宮适安慰他說：「黃將軍不要悲傷，高繼能的蜈蜂術，只要請北伯侯崇黑虎出馬，則能破解，如此必可為貴公子復仇。」

黃飛虎得到姜子牙的同意後，連夜出發，果然請來崇黑虎鼎力相助。

次日，<u>崇黑虎</u>與<u>黃飛虎</u>一起出戰<u>高繼能</u>。<u>高繼能</u>才戰數回，就放出遮天蔽日的蜈蚣。<u>崇黑虎</u>有備而來，不慌不忙打開背後的紅葫蘆，瞬間噴出一陣黑煙，化成千隻鐵嘴神鷹，把滿天的蜈蚣吃個精光。<u>高繼能</u>大驚，露出破綻，<u>黃飛虎</u>一鎗刺來，報了殺子之仇。

<u>孔宣</u>見<u>高繼能</u>被殺，親自出馬來助陣，只見他把背後的五道光華往對手一照，<u>崇黑虎</u>、<u>黃飛虎</u>都被擒回營去。

<u>楊戩</u>見<u>孔宣</u>的神光厲害，趕緊拿出照妖鏡照了照，鏡裡出現<u>孔宣</u>的原形，原來他是一塊五彩斑斕的瑪瑙。

<u>孔宣</u>瞥見<u>楊戩</u>，挑釁的說：「大丈夫不做偷偷摸摸的事，躲在一旁用照妖鏡猛照，算什麼英雄好漢。來！我讓你照。」說完<u>孔宣</u>狂笑，拔刀砍來。<u>楊戩</u>派出哮天犬，卻被<u>孔宣</u>背後的神光收攝去了。<u>楊戩</u>急忙遁逃。

　　李靖見楊戩落敗而逃，拿出玲瓏寶塔往孔宣打去，孔宣的黃光一閃，李靖與寶塔都被收走；接著，金吒揮著遁龍樁、木吒使出吳鉤劍，一起前來救父，又被孔宣一一逮去。

　　姜子牙見大將一個個被捉，無比憤怒，騎著四不相衝來。孔宣青光一閃，拿走了姜子牙的打神鞭，青光就要找上姜子牙，姜子牙連忙搖起玉虛杏黃旗，千朵金蓮護身，才得以轉頭奔逃。

　　土行孫自告奮勇，上場應戰，他個子小，孔宣騎在馬上與他對戰感到非常不便，於是下馬和土行孫對打，卻沒料到土行孫由下往上襲擊；孔宣急忙把五色神光往下一照。土行孫將身子一扭，鑽地逃走了。鄧嬋玉見夫婿敗逃，趁機拋出一塊五光石，正中孔宣的臉，孔宣疼得只能鳴金收兵。

　　雙方停戰了幾日，西方的準提道人突然來到周營，一見武王，立即說明來意：「前些日子廣成子曾來向貧道借青蓮寶色旗退敵，今日因為孔宣與西方有緣，所以貧道特地來收服他到西方修道。」

武王與姜子牙謝過準提道人後，準提道人馬上出戰孔宣。

孔宣一出招，準提道人便把手中的七寶妙樹往孔宣刷過去，只見四射的金光中，孔宣的頭盔剎時化為紅色細冠，全身戰甲迸碎，轉瞬間成為五彩羽毛。金光散去後，已不見孔宣，只留下一隻孔雀。

準提道人騎著孔雀，來到姜子牙營帳辭別：「這孔雀隨貧道往西方修道去了。」

主將被擒，紂軍四散，周軍被擄諸將也一一返回，姜子牙整頓人馬後，繼續東行。

封神演義

# 元始訓徒

　　周軍過三山關，來到佳夢關。紂營守關主將胡雷是火靈聖母的高徒，卻大意輕敵，首戰即被南宮适取下首級。火靈聖母接到徒兒喪命的惡耗，趕來紂營相助。

　　火靈聖母騎著金眼駝，煉成火龍兵，衝殺進周營，殺得兵士四散奔逃，姜子牙也被火靈聖母一劍刺傷前胸，後背又遭混元鎚打傷，從四不相身上跌落，昏死過去了。

　　火靈聖母正要取下姜子牙首級時，廣成子突然出現，大喝：「妳這助紂為虐的逆賊，我奉師父的命令在此等候許久了。看招！」

　　廣成子和火靈聖母對過數招，火靈聖母頭上的金霞冠突然射出金光，往廣成子襲去，不料，卻被廣成子大袖一揮收走了。

　　「敢搶我寶貝？」火靈聖母一急，噴出火焰，廣成子趕忙拿出番天印，往火靈聖母打過去，火靈聖母

腦漿迸裂，靈魂飄往封神臺去了。

廣成子扶起姜子牙，餵了丹藥，不久之後，姜子牙清醒過來，看到廣成子，不停的道謝：「若沒有師兄相救，子牙早走入黃泉了。」

「你命中註定有此災難，我奉恩師之命，在此等你好久了。」廣成子把姜子牙扶上四不相，「你多保重，我回山去了。」

姜子牙回營途中，忽然吹起一陣狂風，吹得塵土飛揚，路樹傾倒，姜子牙大驚：「這風，如同猛虎出現。」

話還沒說完，果然就看見申公豹騎虎而來，兩人狹路相逢。

「姜尚，今日算你倒楣遇到我。」申公豹咬牙切齒，「昔日在崑崙山，我好言叫你，你全不理我，又和南極仙翁一起騙我，叫白鶴童子啣去我的頭顱，害我差點喪命，今天，我要向你討回公道。」

「師弟，那日如果不是我向師兄求情，你早就沒命了，現在怎麼反說我的不是？我處處讓著你，不是怕你，而是不想讓後人說我和你一樣不仁不義。」姜子牙說完轉身就走。

不料，申公豹惱羞成怒，拿出一串天珠，往姜子牙後心打去，姜子牙沒有防備，從四不相身上滾落在地。

申公豹正要殺害姜子牙，卻被懼留孫喝住：「師弟，不可傷害子牙。我奉恩師之命，抓你回玉虛宮。」

申公豹才一轉頭，就被懼留孫的細仙繩，從頭罩下，動彈不得，被押回崑崙山問罪。

元始天尊一見到申公豹便罵：「孽徒，子牙與你有何仇恨，你要在中途殺害他？若不是我事先防備，子牙早就被你害死了。」

「恩師饒命。徒弟發誓，再也不敢了。」申公豹苦苦哀求。

元始天尊心想：「申公豹雖然一路阻撓子牙，但若不是他說動三十六路人馬征周，如何達成三百六十五位封神？他雖居心不良，但對封神一事，也算是間接有功。暫且饒他一命。」

元始天尊吩咐懼留孫：「周室大業、封神事務都要靠子牙打點，絕不能縱容申公豹再加害於他。將這孽徒壓在北海崖下，等待子牙完成封神任務後再釋放他。」

封神演義

「遵命。」懼留孫押著申公豹，來到北海，將申公豹囚禁在懸崖下方，等待姜子牙完成封神大業。

# 取關斬將

　　姜子牙得到元始天尊的協助，沒有申公豹的阻礙之後，輕易取下佳夢關、攻陷青龍關，領著大軍來到氾水關外。

　　氾水關總兵韓榮立即率領二子韓昇、韓變出戰。

　　雙方對戰幾招之後，韓家父子打不過，轉身就走，周將才要追趕，不料韓昇、韓變兩兄弟突然把頭盔摘下，使頭髮披散開來，又拿著劍朝天際舞弄幾回，天空中突然出現三千輛萬刃車，又有風火助陣，往周營將士襲擊而去，殺得周營天翻地覆，屍首成山。

　　姜子牙急忙下令撤退回營。不料，當天夜晚韓家父子又以萬刃車與風火陣偷襲周營。周營將士還沒弄清楚情況，就見到刀刃齊飛，風火交加，慌得如潮水般退逃，逃得慢的士兵則被一刃送上了西天。

　　姜子牙幸好有玉虛杏黃旗護身，才免於刀刃傷身，一路與韓家兄弟交戰來到金雞嶺，恰巧遇見運糧回營的周營大將鄭倫。

鄭倫趕緊加入戰局，看見韓昇背後一片風火兵刃迎面擊來，連忙抽動鼻翼，「哼」的一聲，往韓家兄弟噴出兩道白光，兩兄弟跌下馬來，當場被活捉。

姜子牙把兩兄弟押在糧車上回營。途中遇到武王、哪吒、楊戩眾人，幸好各自無傷，只是驚嚇一場。

天亮之後，姜子牙帶著韓家兄弟來到氾水關前叫陣。

韓榮在城樓上看到兩子被擒，押在陣前，無限傷痛，急忙大喊：「姜元帥，勿殺我兒，我願投降。」

韓昇在囚車上對父大喊：「父親不要投降，你怎可為了父子私情，斷送臣子志節。請父親閉關嚴守等候救兵到來，屆時必定可以擒拿姜尚，將他碎屍萬段，為子報仇。」

韓榮聽到韓昇的話，猶豫了起來。姜子牙怕韓昇兄弟的話讓韓榮堅守氾水關，背水一戰，到時候要過關不知要折損多少兵員，因此狠下心來，下令斬了韓家兄弟。韓榮見了，心如刀割，大叫一聲，跳下城樓，墜地而亡。守將一死，關中大亂，百姓大開關門迎入周軍。武王命令將士要厚葬韓家父子，並張貼公告，與民約法三章。

# 妲己誤國

　　聲勢浩大的西岐大軍一路過關斬將，但紂王卻毫無警覺，依然耽溺於享樂，整天和妲己、胡夫人、王夫人飲酒歡歌。

　　這日，鹿臺樂聲悠揚，妲己舞姿曼妙，胡夫人歌聲繚繞，王夫人殷勤獻酒，紂王左摟右抱，享受無邊歡笑。

　　內侍突然稟報：「丞相箕子在臺下等候晉見。」

　　紂王皺眉：「讓他上來。」

　　「啟稟陛下，西岐姜尚所領的六十萬大軍銳不可擋，如今已兵臨界牌關，請陛下派出大軍援助，阻擋周軍東進。」

　　「可惡姜尚！只不過一個小小的修道人，竟然如此張狂，我非派大軍滅你威風不可。」

　　「陛下，且慢。」妲己柔聲稟奏：「姜尚只不過是一個修道不成的老人，哪有能力帶領大軍過關斬將，搶奪陛下江山呢？依臣妾愚見，這不過是那些守關將

士想要騙取朝廷的糧草庫銀，故意胡謅的軍情吧！」

姐己的幾句呢噥軟語，早把紂王迷惑得失去思考能力，「王后說得對。那些守關主將貪得無厭，實在可恨！」紂王牙齒咬得咯咯響，「依王后看，朕應如何整治邊關守將貪婪的惡習呢？」

「很簡單，只要斬了遞送軍情的差官，殺雞儆猴，這樣哪個守將還敢用此招來誆騙陛下的軍糧？」

紂王頻頻點頭，「還是王后細心，能夠洞悉邊將的詭計。」

「不是這樣的！陛下，眼前邊關危急……」箕子還想再說，紂王卻大手一揮，「丞相，不要說了。退下吧！」

箕子不得不離開鹿臺而去。他回頭看向樂聲飄揚的宮殿，兩眉攢聚如山峰，再三感嘆：「商王朝敗亡已近在眼前了。」

# 潼關痘神

　　紂王不派援兵的消息傳到各關，不必等姜子牙來攻，商軍早已軍心渙散。西岐大軍一路暢行無阻，一關過一關，終於來到潼關。

　　潼關主將余化龍和他的五個兒子，個個能武善戰。姜子牙兵臨城下，久戰不下，反倒折損了幾員大將。

　　這一日，余化龍的第五個兒子余德出戰，被楊戩所傷，恨得咬牙切齒：「七天之內，我必定要使周兵片甲不存。」

　　當晚，余德拿出青、黃、赤、白、黑的五條大布巾及裝滿豆子的五個小方斗。五兄弟手持方斗，各站在一塊布巾上。余德拿著符印唸咒，五條方巾瞬間變成五朵雲，載著五兄弟來到周營上空。余德吩咐：「兄長們，我說撒，你們就撒；我叫潑，你們就潑。不必花費一弓一箭，七日內便可退敵。」

　　五兄弟四處潑灑毒豆，直到天快亮了才返回潼關城內。

次日天亮，<u>周</u>營將士個個渾身發熱，筋骨疼痛。到了午後，眾人都疲軟無力，先是四肢長出痘子，接著身上臉頰也都冒出各色毒痘。唯有當夜不在營的<u>楊戩</u>及蓮花化身的<u>哪吒</u>並未染病，六十萬大軍無一倖免。

三日之後，<u>余化龍</u>和五個兒子站在城牆上觀看<u>周</u>營，只見煙火全無，死氣沉沉，唯有旗幡獨自在風中飄蕩。

<u>余化龍</u>的長子<u>余達</u>說：「不如趁著<u>周</u>營將士鬧病，我們領兵去襲營，一刀一顆頭，取個大勝仗。」

<u>余德</u>說：「大哥，不必如此麻煩，只要再等三兩天，<u>周</u>營的六十萬兵馬自然會全數死亡，屆時不費吹灰之力，便能滅了<u>西岐</u>，也好讓大家知道我的妙法無邊。」

<u>余化龍</u>父子五人點頭豎指：「這計真妙！」

<u>周</u>營內，<u>楊戩</u>眼看狀況愈來愈嚴重，眾人連呼吸都困難了，便和<u>哪吒</u>商議，由<u>哪吒</u>守營，他回山向師父<u>玉鼎真人</u>求救。<u>玉鼎真人</u>交給<u>楊戩</u>一封信，要他拿此信去<u>火雲洞</u>找<u>伏羲聖人</u>，自然有解決的辦法。

<u>楊戩</u>十萬火急趕到<u>火雲洞</u>，拜見<u>伏羲聖人</u>，並將師父的信呈上。<u>伏羲聖人</u>讀完信，對身旁的<u>神農氏</u>說：「如今天下大亂，<u>武王</u>是應運而生的國君，但天意定有一場痘病的災厄，我們理應助<u>武王</u>一臂之力。」

「你說的對。」<u>神農氏</u>拿出了三顆丹藥交給<u>楊戩</u>，

「一粒可救武王，一粒可救姜子牙，另外一粒用水化開，灑在軍營四處，毒氣自然消滅，即可化解此次痘病。」

楊戩帶著藥丸趕回軍營，照著神農氏的囑咐，不僅救回武王、姜子牙與六十萬大軍，還得仙丹妙效，每個人都通體舒暢，精力十足。

余化龍父子還不知情勢已逆轉，在潼關內等到了第八日。余德自信滿滿的說：「算算時間，周營將士應已死盡，我們準備慶功吧！」

父子六人登上城樓一望，不得了，幾天前還死氣沉沉的周營，今日卻是炊煙裊裊，殺氣騰騰。

余化龍問余德：「這是怎麼回事？」

余德推測：「恐怕是有人暗中幫助周營，破了我的道術。」

余達埋怨：「五弟，前幾日你不聽我的建議襲營，錯過大好時機。」

余德懊惱：「事到如今，若趁周營將士體力尚未完全恢復，前去襲擊，應可成功。」

「既然如此，事不宜遲，立刻整軍出城。」余化龍一聲令下，父子六人率領大軍，殺出關來。

姜子牙出兵迎敵，一場混戰之後，余家五子先後死了四子，只剩余德還在苦撐。

　　余德在重圍之中，瞥見姜子牙頭髮霜白，想必年老體弱，於是直奔姜子牙而來。姜子牙從容的揮動打神鞭，往余德打過來。余德被打落下馬，李靖再補上一戟，余德一命嗚呼，一道魂魄便往封神臺飄去了。

　　余化龍見五個孩子全都死於沙場，心中非常悲痛，大喊一聲，把長劍從脖子上一劃，自刎身亡了。僅剩的殘兵敗將紛紛棄械而逃。

# 武王渡河

　　姜子牙大軍經過無數次激戰之後，終於來到黃河口，對岸便是與諸侯盟會的孟津。眾將士官兵依令一一登上舟船，等候啟程渡河。

　　此時已是隆冬時節，北風凜冽，掀起滔天巨浪，有如一座一座黃色水山，此起彼落，在舟外洶湧澎湃的擊打著船身，小船因此搖晃不停，險些翻覆。眾將士官兵無不面露驚色。

　　武王上了船，望向船外如猛獸的大浪，皺著雙眉，久久才問：「相父，這船為何如此顛簸？」

　　姜子牙回答：「黃河水急，平日浪就不小；更何況今日風大，船又小，自然顛簸。」

　　「將士們身上穿著笨重的鐵甲，個個都凍僵了，臉色發青，雙唇泛紫，想必是受不了寒天渡河的辛苦，不如大軍暫時岸邊紮營，等天氣好些再渡河。西岐父老殷殷期盼子弟平安歸家，我怎麼忍心要大家冒險過河？」

「大王疼惜西岐子弟，固然是愛護子民，但八百諸侯的兵眾紮營在孟津，等著西岐軍隊來會合，我們每拖延一日，八百諸侯的大軍就多受寒一日，更何況這個季節的氣候愈等只會愈冷，風浪也愈大。」

武王咬脣思索，久久才下令：「開船！」

船隊行到河中央，船外的濁浪愈加洶湧，嚇得士兵個個面色如土，兩眼緊盯船首，生怕一個大風巨浪來襲，就會滾落水裡。

忽然，武王的船前出現一條白魚隨著浪花躍起，「啪啦」一聲響，白魚跳上了武王的船，在船板上左蹦右跳，活力十足。

武王問姜子牙：「相父，這魚入舟來，是吉祥的徵兆嗎？」

「大魚入舟，表示天下民心歸周，恭喜大王，賀喜大王！」

武王欣然微笑：「既是吉兆，表示天下蒼生苦難將過。快把魚送回河裡，大魚離水，性命不保。」

姜子牙急忙回答：「大王，千萬不可。大魚入舟，是天意要大王掌理天下。若把魚送回河裡，便違背天意。」

「那該如何處理這條魚？」武王問。

「把魚煮湯給大王吃，一則可去寒，二則代表天下將定。」

武王自有不同想法：「不如把魚煮一大鍋湯，分給眾人，慰勞軍士們一路的辛苦。」

船上眾將士人人分得一口魚湯，熱湯下肚，個個精神抖擻，臉紅脣潤。

不久，風已停，浪也平，周軍一路平安過了河，來到孟津。

南伯侯、北伯侯、東伯侯及數百諸侯早已等在岸邊，前來迎接武王大軍。雖然天下諸侯是打著「觀政於商」的名義聚會在這裡，但實際上卻是想促成武王伐紂。

武王是仁德之君，絕不肯作出討伐天子之事，姜子牙擔心諸侯暴露伐紂決心，將使武王萌生退意，半途而廢，於是對武王稟報：「老臣先下船整頓軍備，紮營定位之後，再來請大王。」

武王允諾：「一切聽相父安排。」

姜子牙上了岸，對諸侯說明武王的想法，並交代說：「各位君侯見了武王，不必深談征伐紂王的大事，只討論如何『監督天子施政』即可，其他諸事，我自有辦法。」

諸侯一一允諾之後，姜子牙才下令哪吒、楊戩去請武王下船。

　　天下四大諸侯會齊，八百諸侯會師，共推武王為最高統帥，但武王一再謙辭：「姬發孤德寡聞，這次受天下諸侯相邀，共往朝歌監督天子施政，怎敢統率諸侯呢？」

　　姜子牙知道諸侯心急，又怕事情生變，因此趕緊上前抱拳行禮，說：「各位君侯，現在恐非商議此事的時機，不如等大軍到了朝歌再來討論。」

　　諸侯贊同姜子牙的意見，不再勉強。吉日良辰，八百諸侯的雄兵百萬，浩浩蕩蕩，往朝歌城出發。

封神演義

# 剖脛解胎

　　八百諸侯率領百萬大軍，就快要來到朝歌城外，但紂王仍渾然無知，整天在鹿臺和妲己、胡夫人、王夫人一同喝酒同樂。

　　這時已是深冬，天氣嚴凍，寒氣逼人。

　　四人喝得酒意已有五分，忽然天降繽紛雪花，十分美麗。

　　「下雪了，這是祥兆，瑞雪象徵著豐年呀！」紂王說：「王后，何不唱首曲子助興？」

　　「臣妾遵命。」妲己輕輕張口，歌聲婉轉悠揚，如群鶯飛繞在鹿臺雲端，紂王拍掌大笑：「唱得好！」他興致高昂的指著胡夫人與王夫人說：「接下來輪到兩位夫人了……」

　　胡夫人奉命展現歌喉，接著便是王夫人，三人歌聲各有各的美妙，聽得紂王如痴如醉，五分醉意又添上三分。三人唱完小曲，雪也停了。

　　四人在高樓上賞景，忽然望見王城外一個老人赤

腳走在結冰的河面上，步履輕快且精神抖擻；又看到一個年輕人赤腳過河，卻是行動遲緩，身子縮成一團。

紂王看了，十分訝異，問妲己：「妳看！那老人家過河，精神奕奕，動作快速，而那少年過河，卻是緩慢瑟縮。人家說年輕力壯，這不是反了嗎？」

妲己笑答：「陛下不知，那老人是父母年輕時所生，精血旺盛，骨髓盈滿，所以不怕寒冷。而那少年人是父母年紀老的時候所生，父母年老氣血已衰，生下的孩子骨髓不滿，所以較怕冷。」

紂王疑惑：「這話讓朕糊塗了，人人都是父母精血所生，不都該是少壯老衰嗎？」

胡夫人建議：「陛下和姐姐說的都有理，何不把兩人捉來，剖開脛骨看看就知道誰說的對了。」

紂王一聽，興致勃勃，馬上派人把二人抓來。剖開脛骨一看，果然跟妲己說的一樣。

「王后真是見識過人啊！」紂王對妲己佩服得五體投地，稱讚有加。

妲己更加得意：「臣妾年少時便習得陰陽之術，方才斷脛驗髓不算什麼，臣妾還能看穿孕婦體內的胎兒是男是女，胎位面向東西南北哪一個方位？絕對準確。」

「哦？」紂王很感興趣，立即下令：「即刻抓來孕婦三名，不得有誤。」

封神演義

差官領命在朝歌城中抓了三名孕婦，帶到王城內。事出突然，被抓的孕婦與丈夫膽戰心驚，難分難捨，拉拉扯扯，哭哭啼啼，頻頻喊冤：「我們夫妻既沒做壞事，也沒欠錢糧，為何抓我們？」

這哭鬧聲傳進文書房內。箕子和微子啟、微子衍正在文書房討論八百諸侯會師孟津的應對策略，聽到外頭哭哭啼啼的慘叫聲，三人一同出來詢問。差官回答：「陛下聽蘇王后說，光看孕婦的肚子便可斷定胎兒是男是女，所以要小的抓幾個孕婦回去剖腹驗看。」

「荒謬！真是荒謬！你們暫且住手，等我們進宮勸諫再說。」箕子等人急忙趕往鹿臺候旨。

紂王宣旨晉見。箕子一上鹿臺，便伏地痛哭：「如今諸侯兵臨城下，國家危急，陛下不想退敵的方法，反卻造孽要殺孕婦、取胎兒，恐怕國家將亡了。」

紂王震怒：「想那姜尚不過一個小小的修道人，有何能耐圍城？你不要危言聳聽，搞得人心不安。朕如今要剖開三個孕婦的肚子，查看裡頭的胎兒是男是女，不過是小事一樁，叔父何必如此大驚小怪？想我朝歌城裡幾千幾百個胎兒，何必在意這三個？」

箕子哭著說：「八百諸侯駐紮孟津，朝歌已朝不保夕。一旦兵臨城下，誰為陛下守都城？只怕先祖創下的基業、宗廟，都會被諸侯毀壞，陛下如今還不知警

惕，仍聽信妲己之言，斷民骨、剖孕婦，鬧得人心惶惶。恐怕姜尚的兵馬一來，不用攻城，人民就爭先恐後獻城了。可憐二十八代祖先牌位，都要流離失所了。」

「可惡！竟敢出言詛咒。來人呀！」紂王暴怒，兩眼睜得大大的，「拖出去斬了。」

微子啟、微子衍等幾位急忙勸諫：「陛下三思！箕子有功於國家，今日進諫雖然言語過於激烈，但也出自一片忠誠之心。如今國家危在旦夕，陛下斬殺忠良，只恐怕災難隨時就要來了。」

紂王見微子啟等人勸諫，不得已，只好改口：「那就把箕子貶為庶人，永不准進宮。」

「陛下，萬萬不可。」妲己由後殿出來，「箕子當面侮辱陛下，已失去臣子禮節。如果釋放他，必在民間散播怨言，到時和周武合作，內外合擊，恐怕造成大害。」

紂王問：「王后認為，應如何才好？」

「將他剃髮囚禁，作為宮中奴僕。如此既可使人民警惕，不敢妄為，大臣也不敢亂奏。」

紂王聽了點頭：「王后所說極有道理，就將箕子降為奴才。」

# 大軍圍城

　　八百諸侯大軍，已駐紮朝歌城外，遞上奏摺表明「監督天子施政」的立場，更痛陳紂王諸多不是，要紂王深自檢討。

　　金鑾殿上，紂王焦急，百官無言。

　　「周兵猖獗，已集結一百六十萬人在朝歌城外，說什麼要監督朕的施政，根本就是要造反！眾卿有什麼退敵的方法？」

　　中大夫飛廉出列上奏：「魯仁傑文武全才，由他訓練軍隊，必可守城。且諸侯大軍遠道而來，必求速戰，只要我們堅持不開戰，他們錢糧耗盡，自然撤退。」

　　紂王讚許：「說得頗有道理。」

　　魯仁傑出列上奏：「臣認為目前國庫空虛，民心怨恨，軍心渙散，縱然有良將，怕也未能順應民心，無法取勝。不如派遣一個能言善道的人才，到周營遊說君臣大義，讓對方自願退兵，才是上策。」

　　紂王聽了，沉默不答。

飛廉再度出列上奏：「重賞之下，必有勇夫。朝歌城內人才濟濟，只要陛下張貼公告，賞賜高官厚祿，自然會有能人才俊前來相助。況且城中尚有精兵數十萬，糧餉充足，出兵一戰，輸贏尚未有定論。豈能未戰先談和？」

「此言頗有道理。」紂王立即宣布：「飛廉負責尋找人才，魯仁傑任總督兵馬大將軍，即日起練兵出戰。」

飛廉的公告貼出幾日，果然招來不少能武將士，其中以神策大將軍丁策、威武上將軍郭宸、董忠最為勇猛，紂王親賜戰袍、御宴招待，無限風光。

隔日，魯仁傑帶著三位新封贈的大將，調出大隊兵馬，出城叫戰。

姜子牙受命為諸軍元帥，領哪吒、楊戩、雷震子、金吒、木吒、李靖、南宮适、武吉等大將出戰。

魯仁傑對姜子牙曉以大義：「你是崑崙山上的修道人，必然知道以臣伐君的行為，難逃後世叛逆的罵名，如今天子不追究你們的過錯，何不速回封地，按時進貢，重拾君臣大義？若執迷不悟，只恐天子震怒，發動百萬大軍，到時候你們就死無葬身之地了。」

姜子牙笑答：「識時務者為俊傑，昔日夏桀無道，商湯伐桀而得天下；如今紂王之惡，遠遠超過夏桀數倍，我們奉天意前來督政，想不到紂王卻不反省，反

封神演義

而派將軍出城挑釁。天下諸侯百萬雄兵聚集在此，朝歌不過一個彈丸之地，處境相當危險，大將軍何苦執迷不悟呢？」

「我以為你是修道有成的老人，才跟你講道理，沒想到你竟不擔心後人譏笑你是不義之人。」魯仁傑回頭問，「誰要立頭功，擒下此賊？」

「我來！」神策大將軍丁策搖動長鎗，往姜子牙衝殺過去，武吉看見，立刻奔前護衛，兩人殺成一團。

威武上將軍郭宸和董忠，也一起奔殺過來，南宮适截住郭宸，兩人捉對廝殺；東伯侯姜文煥催著座騎紫騧騮，往董忠迎戰過去，舞起長刀一砍一收，再轉身趁其不備，由背後一刀劈下去，董忠人頭落地，血濺沙場。

哪吒在一旁看姜文煥凶如猛虎豺狼，急得抓耳搔腮：「我自進關來，還沒建下大功，今日都城大戰，必得好好表現。」

哪吒登上風火輪，提著火尖鎗加入混戰，楊戩也不落人後，騎馬揮刀入陣廝殺。哪吒使出乾坤圈，打得丁策一圈斃命，趕往封神臺報到去了。郭宸見董忠、丁策敗死，正要轉身逃跑，沒想到楊戩放出哮天犬，一口咬斷郭宸

脖子，郭宸的靈魂也飄往封神臺去了。

魯仁傑料定此戰無法取勝，只好鳴金收兵，敗入城中。

紂王得知魯仁傑兵敗，急得像熱鍋上的螞蟻，忙問大臣：「魯將軍無法退敵，該如何是好？」

老將殷破敗上奏：「臣願到周營，曉以君臣大義，勸天下諸侯，各回封地。如果不成，臣願罵賊而死。」

「有勞愛卿了。」

殷破敗領旨出城，來到周營。看到兩邊列坐天下諸侯，中間坐著姜子牙，非常威風。彼此行禮問候之後，殷破敗開門見山直接說了：「天下諸侯，代代享受國恩，座上何人不是紂王的臣子呢？如今各位帶軍進逼王城，殺天子之將，已淪為亂臣賊子之輩，千古以後，將留下何種罵名？以末將愚見，姜元帥應當勸退諸侯，各回本國。我保天子必不追究，百姓得以避過一場戰事災難，不知元帥意下如何？」

姜子牙笑答：「老將軍這話說得不合理。自古以來，天命無常理，惟有仁德之人才能得到上天的眷顧，如今紂王違逆天意，天怒人怨，八百諸侯共同討伐，救百姓於水深火熱之中，怎會被後世罵為亂臣賊子呢？」

殷破敗又說：「元帥如果不聽勸告，大舉進兵，必將造成民不聊生，百姓流離失所，夫妻離散，骨肉分

崩。更何況朝歌城內尚有精兵數十萬，一旦對決，鹿死誰手也還不確定，你們別妄自尊大，藐視天子，以免死無葬身之地！」

兩旁諸侯聽了，個個臉色大變，憤怒不已。姜子牙才要回話，卻見姜文煥對著殷破敗罵：「你身為國家大臣，不能勸諫國君，如今還敢到此對諸侯胡言恐嚇，真是無恥！還不快滾回去，免得我一劍殺死你。」

姜子牙忙說：「兩國相爭，不殺使者。況且各為其主，東伯侯，別和他計較。」

殷破敗被姜文煥罵得惱羞成怒，反唇相譏：「你父親姜桓楚串通姜王后，企圖暗殺天子，奪取天下，真是死有餘辜！你不知進德修業，以彌補父親過錯，反而引兵叛亂。我雖然不能替陛下討賊，但就算是死了變成屬鬼，也不放過你們。」

姜文煥聽到殷破敗不僅罵他，連他的家人也一起汙辱，氣得七竅生煙，抽劍指著殷破敗：「我父親被冤殺，王后被誣陷，都是你們這些亂臣賊子造成的禍端，不殺你這老賊，如何洗清先父的冤屈？」罵完，一劍劈下，殷破敗已斷為兩截。

座上諸侯人人叫好：「東伯侯斬得大快人心！」

姜子牙來不及阻止，在座位上慨嘆：「殷破敗乃是天子大臣，依禮前來講和，如今擅自斬殺，反而成就

封神演義

了他的美名，為我們留下臭名。」

姜文煥氣還未消：「他辱罵先父、國母，若不殺他，氣憤難平。」

「事情已發生，後悔也無濟於事。來人呀！將殷破敗好好厚葬！」姜子牙無奈的下令，將殷破敗厚葬。

殷破敗被斬的消息傳到朝廷，殷成秀帶兵出城，要為父親報仇，又被姜文煥一刀斃命。紂王無計可施，只好封城。

# 紂王自焚

　　朝歌封城已多日，老百姓生活作息照舊，唯一不便就是無法進出城門。

　　這日清晨，城南的市場肉販撿到一枝箭，箭上綁了一張告示，打開一看，張揚了起來：「武王要來救我們脫離紂王的暴政，本來要攻城，但為了避免老百姓陷入戰火災殃，所以射信進來，叫我們主動獻城。」

　　菜販搶過告示看了一遍，低聲說：「武王體恤人民，果真是仁德之士，遇到這麼好的國君，是朝歌百姓的福氣。」

　　魚販耳朵尖，也聽到消息湊了過來：「獻了城，周兵會為我們除去紂王，從此咱們再也不必提心吊膽過日子，既不用納重稅，也不需繳毒蛇，自由行走不會被抓去剖骨，孕婦也不必偷偷摸摸躲在家。」

　　守城的士兵們也在營區撿到周營半夜射來的告示，彼此議論紛紛。

　　朝歌城內四處傳出獻城的耳語，撿到箭的軍民一

傳十，十傳百，人人緊張，個個興奮，約好當天夜晚一起打開城門。

局勢演變至此，武王也不得不接受諸侯討伐紂的提議。半夜，武王正在營帳裡和眾將士商議軍情，突然聽到朝歌城內滿城騷動，營外一陣喧鬧，派人去探查，才知道朝歌百姓大開城門，主動獻城。

武王趕緊下令：「各城門只能進兵五萬，其餘在城外駐紮，進城將士不得擾民、搶奪財物，違者斬首。」

諸侯軍隊依序進入城門，來到王宮外會合，請紂王答話。

紂王緊急召見魯仁傑：「想不到軍民竟然獻了城。如今該如何是好？」

魯仁傑回答：「只有背水一戰，或許還有活路可走。束手待斃，則只有死路一條。」

「立即召集御林軍，隨朕應戰。」紂王披上戰袍，跨馬奔往城門。

紂王人馬才到城門，姜子牙立刻傳令擂鼓，諸侯聽到鼓聲，紛紛殺出，把紂王團團圍住。

雖然紂王神力足以翻山倒海，但諸侯將士輪番上陣，紂王終究難以支撐，露出疲態。混戰中，哪吒的乾坤圈將魯仁傑送進了封神臺。

姜文煥恨紂王入骨，一鞭狠狠朝紂王背後打去，

紂王差點跌落下馬，快速奔入城內，逃回摘星樓。

「王后，王后，妳在哪兒？朕受傷了！」回答紂王的只有呼呼北風。

人去樓空，紂王背上一片傷痛，心內一片悲悽。摘星樓樓高風冷，紂王憤恨的說：「可惡的姬發、姜尚，竟然集結諸侯，會集百萬雄兵攻城，使朕落得如此下場。」

這時，一陣怪風突然吹過來，捲起蠆盆中的血腥惡臭向上竄升，直撲紂王。紂王一陣乾嘔，頭昏眼花。恍惚中，姜王后、梅伯、賈氏及冤死於蠆盆的鬼魂們瞪著殷紅雙眼，全都湧上前來，哭喊著：「還我命來。」

紂王嚇得神智不清，手舞長刀狂喊：「不要過來！我砍死你們！」紂王被逼到角落，他隨手拿下掛在牆上的宮燈，「走開！走開！」他搖晃著燈，點著簾幔，「哈哈哈，我要燒死這些冤孽！」

一時之間，摘星樓上火苗竄起，瞬間蔓延不可收拾。紂王坐在火光中仰天狂笑：「我放火燒了你們這些陰魂不散的傢伙，你們能對我怎麼樣？哈哈！哈哈！」笑聲飄蕩，漸漸歇止。

紂王火焚而死，妲己、胡夫人、王夫人早在混亂中褪去人皮，往軒轅黃帝的古墓逃去，卻不料在途中遇到女媧娘娘。

「三妖哪裡逃？妳們三個作惡多端，造孽無數，罪該當死。」

「娘娘饒命！」狐狸精說：「當初不也是娘娘以招妖幡喚來我們三個，要我們進宮迷惑君心，並答應讓我們修成正果。」

女媧怒斥：「我要妳們迷惑君心，斷送商紂江山，並未叫妳們殘害忠良，害死宮人王妃，虐殺平民百姓，妳們所作所為，違背上天好生之德。」

「娘娘饒命。」三妖齊聲求饒。

「三妖作惡多端，留下何用？」女媧伸手一指，三妖被綁在地。女媧有感而發：「但願此後周室興起，天下太平。」

# 玉虛封神

　　紂王已死，八百諸侯共推武王為共主，但武王謙讓不敢接受。

　　「商紂殘暴失德，民心歸周，這是天意。大王如果違背天意，恐怕諸侯群龍無首，到時天下仍將大亂，萬民無主，處境恐怕比往日更加悲慘。」姜子牙勸說：「大王千萬別拘泥於個人的小忠小孝，應勇於承擔上天降下的使命，成為諸侯共主，協助百姓早日恢復安定的生活，千萬別使萬民失望。」

　　「謹遵相父訓勉。」武王誠惶誠恐。

　　「恭喜大王，賀喜大王。」八百諸侯同時下跪行禮，武王正式成為天下共主。

　　武王即位，下令以帝王之禮厚葬紂王之後，宣布：「天下諸侯百姓受紂王剝削多年，深受荼毒之苦，如今將鹿臺的財貨、糧食，全數散給諸侯百姓、賑濟飢民，萬民同享安康。」

　　諸侯各自歸國，武王留下紂王子嗣武庚，使商祠

得以存續，並命令管叔鮮、蔡叔度兩位親王監守朝歌。

一切安定之後，大軍歸返西岐。李靖、金吒、木吒、哪吒、楊戩、雷震子等人辭別姜子牙，回山修練。

武王分封領地給有功之人，正式建都，定國號為周，施行堯舜之治，天下又歸於太平。

姜子牙回到相府，想到一路征伐而喪亡的將士，無限感傷。隔日進奏武王：「老臣奉命下山，協助陛下滅紂興周。如今事成，生存者享有人世富貴，但歷年陣亡的凡人、道仙，暫居封神臺，尚未得到封職，想必魂魄們都很悵然。」

「該如何追封亡者官職呢？」武王問。

「老臣已在封神臺上立有封神榜，特請陛下恩准老臣回山，向恩師請來玉符敕令封神，使喪亡者能夠各安其位。」

武王應允，細心提醒：「相父年紀大了，路上留心。」

姜子牙即日啟程，回到崑崙山。

玉虛宮中，丹爐飄煙，元始天尊閉目坐在八寶雲光座上。

姜子牙跪拜：「稟告恩師，弟子已完成恩師囑咐使命，協助建立周室大業。今日特地上山，請求恩師賜給玉符敕令，好讓陣亡忠臣將士、逢劫

道人，早日封神，勿使他們的遊魂無依無靠，終日等待。乞求恩師大發慈悲！」

「我知道了，你先回去，玉符敕令很快就會送到。」

不過兩日，白鶴童子便送來玉符敕令。姜子牙沐浴更衣，捧著玉符敕令來到岐山，上了封神臺，將玉符敕令放在神桌中央，拈香、倒酒、獻花，繞封神臺三圈，祭拜之後，穿上戰袍，左手拿玉虛杏黃旗，右手執打神鞭，站在封神臺中央，大聲呼告：「柏鑑將封神榜張貼臺下，仙人按照順序上臺。」

柏鑑把榜單貼好。眾仙一一受封，各赴其位。姜子牙封完三百六十五位正神後，原本熱鬧的封神臺，已是空蕩蕩一片。

封神臺邊雲霧清澄，麗日當空高照，呈現一片美好的景色。多年來的征戰都已化為煙塵，消逝無蹤，只留下一個個英雄形象，在神仙的國度裡，一代代流傳……

封神演義

# 封神演義——一起來大顯神通

看到姜子牙完成封神任務，你是不是也鬆了一口氣呢？一起來回憶精采的封神過程吧！

1.故事中人物的坐騎或法寶不小心混在一起了，聰明的你快來幫他們找一找！

聞太師・

姜子牙・

楊　戩・

哪　吒・

黃飛虎・

・乾坤圈
・打神鞭
・風火輪
・四不相
・雌雄鞭
・墨麒麟
・哮天犬
・五色神牛

2.你最喜歡故事中哪個角色呢？為什麼？

_____

_____

3.狐狸精妲己做了很多傷天害理的事情，對她殘
忍的行為，說說看你的意見吧！

_____

_____

_____

_____

_____

4.你想像中的封神臺長什麼樣子呢？快動筆畫出
來吧！

國家圖書館出版品預行編目資料

封神演義／姜子安編寫;李詩鵬繪.－－二版三刷.－
－臺北市：三民，2022
　　面；　公分.－－（兒童文學叢書／小說新賞）

ISBN 978-957-14-5915-8 （平裝）

859.6　　　　　　　　　　　　　103010497

⊕小說新賞

# 封神演義

| | |
|---|---|
| 編 寫 者 | 姜子安 |
| 繪 　 者 | 李詩鵬 |
| 發 行 人 | 劉振強 |
| 出 版 者 | 三民書局股份有限公司 |
| 地 　 址 | 臺北市復興北路 386 號 ( 復北門市 ) |
| | 臺北市重慶南路一段 61 號 ( 重南門市 ) |
| 電 　 話 | (02)25006600 |
| 網 　 址 | 三民網路書店 https://www.sanmin.com.tw |
| 出版日期 | 初版一刷 2011 年 1 月 |
| | 二版一刷 2014 年 6 月 |
| | 二版三刷 2022 年 5 月 |
| 書籍編號 | S857440 |
| I S B N | 978-957-14-5915-8 |

ⵔⵔⵔ 三民書局